그 여름의
크리스마스

그 여름의 크리스마스

제1판 제1쇄 2016년 8월 12일
제1판 제2쇄 2017년 8월 9일

지은이 이은용
펴낸이 우찬제 이광호
펴낸곳 ㈜문학과지성사
등록번호 제1993-000098호
주소 04034 서울 마포구 잔다리로7길 18 (서교동 377-20)
전화 02) 338-7224
팩스 02) 323-4180(편집) 02) 338-7221(영업)
전자우편 moonji@moonji.com
홈페이지 www.moonji.com

ISBN 978-89-320-2888-0 43810

이 도서의 국립중앙도서관 출판예정도서목록(CIP)은 서지정보유통지원시스템 홈페이지
(http://seoji.nl.go.kr)와 국가자료공동목록시스템(http://www.nl.go.kr/kolisnet)에서
이용하실 수 있습니다.(CIP제어번호: CIP2016018607)

그 여름의 크리스마스

이은용 장편소설

문학과지성사

차례

그 여름의 크리스마스…7

작가의 말…231

0

밤마다 고양이 울음소리가 들렸다. 선잠을 자다가 소리에 놀라 깨는가 하면, 자려고 불을 끄면 어디선가 작은 울음이 들리기도 했다.

"고양이 소리 때문에 잠을 못 자겠어."

솜을 뭉쳐 나무 위에 올리면서 내가 말했다.

"무슨 소리요?"

얼마 전에 새로 들어온 장기 유학생 아이가 전구를 두르다 말고 눈을 동그랗게 뜨고 물었다. 나처럼 중학교 졸업식도 참석하지 못하고 기말고사가 끝나자마자 바로 필리핀으로 날아온 아이였다.

"고양이 우는 소리 말이야. 밤마다 들리잖아."

내가 말하자 아이는 고개를 갸웃거렸다.

"리사, 벌써 논문 준비를 시작했다더니 스트레스 받나 봐."

한창 한국어 공부를 하고 있다는 필리피노 튜터가 끼어들었다. 튜터는 거의 완성된 트리를 훑어보면서 우리 쪽을 흘끗거렸다.

"전 리사가 아니라 루시예요."

내가 정정하자 튜터가 곧 사과했다. 아직도 루시와 리사를 헷갈리는 사람들이 있었다.

"근데 리사 소식은 못 들었어?"

누군가가 물었지만 그 질문에 대답할 수 있는 사람은 없었다.

준희가 사라진 지 한 달, 어쩌면 두 달일지도 모르는 시간이 지났지만 아무도 준희의 소식을 알지 못했다.

1

창 너머에 내가 그리던 세계가 있었다. 요정의 지팡이에서 쏟아지는 은빛 가루처럼 눈송이가 날렸다.

창문을 내리고 손을 뻗었다. 차가운 결정체는 손바닥 위에 떨어지자마자 녹아버렸다. 눈 덮인 세계의 풍경을 나는 낯설게 바라보았다. 굵은 눈송이가 바람을 타고 내 얼굴까지 닿았다. 눈송이에 그 아이 목소리가 함께 실려 왔다.

"눈이 내리는 크리스마스를 보고 싶어."

크리스마스 파티가 끝난 뒤에 그 아이가 말했다. 눈이 없더라도 차가운 크리스마스를 보고 싶다고. 서울에 가면 꼭 크리스마스를 함께 보내자고. 그 아이를 다시 만날 수 있을까. 그 아이를 만난다면 어떤 말을 먼저 꺼내야 할까.

"진아."

조수석에 앉은 엄마가 고개를 반쯤 돌리고 조용히 나를 불렀다.

나는 그제야 창문을 올리고 의자 깊숙이 몸을 기댔다. 차는 이제 막 공항을 빠져나왔다. 미끄러운 도로 때문에 아빠는 천천히 차를 몰았다. 차 안의 냄새가 익숙하게 스며들었다. 후각은 시각보다 더 오랫동안 기억을 간직하고 있었다. 내가 지나온 세계가 순식간에 밀려났다.

"이번에 들어온 건 크리스마스 선물이라고 생각해라. 돌아가면 졸업 때까지 파이팅이다."

룸 미러를 통해 본 아빠의 얼굴은 여전했다. 거의 2년 만에 만난 딸에게 표정 없는 얼굴로 아빠의 생각을 전했다. '파이팅'이라는 단어를 말할 때조차 얼굴에 변화가 없었다.

"조금만 참으면 되는 걸……"

엄마는 작은 한숨으로 나머지 말을 대신했다. 나에게는 까마득한 시간이 엄마에게는 '조금'이라는 단어로 표현되었다. 나는 달리 대꾸할 말이 떠오르지 않았다.

공항에서 엄마 아빠를 만난 이후로 거의 말을 하지 않았다는 걸 깨달았다. 아빠는 나를 보자마자 트렁크가 올라간 카트를 밀어주는 것으로 인사를 대신했고, 엄마는 가지고 온 두꺼운 점퍼를 건네주었을 뿐이다. 오랜만에 만난 가족들이 나눌 법한 대화는 오가지 않았다. 잘 지냈니? 건강은 어때? 고생했다, 같은 말들.

한 번도 말을 그리워해본 적은 없었다. 말은 포장 같아서 그 안에 무엇이 들었는지 모른다. 그런 생각이 들자 나는 무언가 말하려던 입을 닫고 창밖으로 시선을 돌렸다.

예정보다 훨씬 시간이 지나서야 집에 도착했다. 출근 시간이 지난 터라 엄마와 아빠의 얼굴에서 다급한 기색이 엿보였다. 저녁에는 외식을 하자는 말을 남기고 아빠는 서둘러 차를 출발시켰다. 아파트 입구에 서서 나는 한동안 눈을 맞았다. 길고 먼 여행을 다녀온 기분이었다.

뙤약볕 아래에서 몸을 흔들며 춤을 추던 산타가 떠올랐다. 땀을 닦으면서 크리스마스 리스를 달던 사람들의 거뭇거뭇한 얼굴이 스쳐 지나갔다. 시간 여행에서 막 돌아온 사람처럼 내 주변의 모든 것이 낯설었다. 기억 속 장면들이 한데 엉켜 머릿속을 가득 채웠다.

"지금까지 내가 본 풍경 중에서 가장 아름다운 것 같아."

호수의 잔물결, 물기를 머금은 그 아이의 눈동자, 그 아이의 목소리와 표정 하나하나가 생생하게 되살아났다.

휴대전화를 꺼내 통화 버튼을 눌렀다. 신호음이 여러 번 울렸지만 전화는 끝내 연결되지 않았다. 전화기를 내려놓은 귓가에 어디선가 흘러나온 캐럴이 들려왔다.

줄곧 그 아이의 꿈을 꾸었다. 짧은 크리스마스 방학에 집으로 돌아온 건 꿈 때문이었는지도 모른다. 꿈에서 헤어나려면 준희를 만나야 했다. 누구의 잘못도 아니라는 말을 하고 싶었다. 내 말에 준희가 고개를 끄덕여준다면 비로소 같은 꿈에서 벗어날 수 있을 것이다. 하지만 반복적으로 흘러나오는 기계음에 다시 전화를 걸 용기는 나지 않았다.

트렁크를 끌고 집 안으로 들어왔다. 오랜만에 돌아왔다는 사실을 믿기 힘들 정도로 모든 게 변함없었다. 아파트의 풍경도 그대로였고 집 안의 모습도 똑같았다. 거실, 주방, 내 방, 내 방 안의 침대와 이불까지. 방은 내가 빠져나가던 순간에서 시간이 멈춘 것 같았다. 방문을 열고 내 방을 물끄러미 둘러보았다. 그리워했던 것들과 하나씩 마주하게 된 기분은 생각보다 덤덤했다.

방 안으로 들어와 이불을 뒤집어썼다. 내 체온이 퍼져나간 이불 속에서 자다 깨다를 반복했고, 잠이 들 때면 어김없이 준희의 꿈을 꾸었다. 비행기 안에서 나를 향해 싱긋 웃어주던 준희와 어학원 정원에서 그네를 타고, 식당에서 밥을 먹고, 지하의 방에 내려가 침대에 눕는 내 모습이 영상처럼 나타났다.

필리핀으로 가던 날, 겨울방학을 맞아 단기 어학연수를 떠나는 초등학생들 틈에서 준희는 금방 눈에 띄었다. 준희의 얼굴이 어딘가 낯이 익어서 나는 자꾸 준희를 흘끗거렸다. 언젠가 우연히 만났던 아이는 아닐까.

"같이 가게 돼서 정말 다행이다."

먼저 다가온 건 준희였다.

우리는 오래전부터 알고 지냈던 사이처럼 이내 친해졌고 낯선 땅에 함께 발을 들여놓았다. 꿈인지 내가 떠올린 기억인지 모를 장면들이 머릿속에서 연이어 펼쳐졌다.

공항에 내린 뒤에 입국 수속을 마치고 인솔 선생님을 따라 움직이는 내가 보였다. 스크린 도어를 지나면서 숨을 내뱉는 나. 열기와 습기가 기다렸다는 듯이 달려들었다. 필리핀으로 떠날 준비를 하면서 나는 모든 상황을 인지하고 있었다. 낯선 곳에 가게 된 것과 새로운 사람들을 만나게 될 거라는 사실에 대해서. 방학 기간에 다녀왔던 어학연수 경험이 도움이 될 거라는 엄마의 말을 위안 삼았지만 내가 마주한 현실은 달랐다. 인지하고 있을 때는 막연한 두려움이었지만 경험으로 다가왔을 때는 두려움 자체였다. 어학연수를 왔을 때와는 너무도 달랐다. 끝이 보이는 길을 걷는 것과 까마득한 길을 떠나는 일이 같을 리가 없었다.

스크린 도어를 빠져나가던 순간이 떠오르자 잠결에도 숨이 가빠왔다. 더운 공기가 폐 속까지 파고드는 느낌이었다. 잊으려고 해도 생생하게 떠오르는 기억. 필리핀 공항의 스크린 도어를 걸어 나가던 순간, 나는 낯선 세계에 떨어진 도로시가 된 기분이었다. 방금 전에 떠나온 세계가 그리웠다.

가장 먼저 내 방이 떠올랐다. 웃고 울고 떠들던 나를 마냥 지켜보던 방. 필리핀에서도 내 방을 대신할 공간을 찾을 수 있을까. 나는 희미한 기대를 품었다.

"어서 와. 김이진, 이준희. 둘이 벌써 친해진 거야?"

유학생을 마중 나온 부원장의 목소리가 들렸다.

그토록 그리워하던 내 방에 누운 채로 나는 필리핀에 갔던 날로 미끄러지듯 빨려 들어갔다.

2

공항을 빠져나와 복잡한 도로를 지나는 동안 우리는 창밖의 풍경을 보았다. 검게 그을린 피부의 사람들, 낡은 집과 상점 들, 우거진 나무들이 빠르게 지나갔다.

학교가 끝난 시간인지 교복을 입은 아이들의 모습이 눈에 띄었다. 종아리를 덮은 치렁치렁한 교복 치마를 보고 준희는 '문화적 충격'이라며 혀를 내둘렀고 나는 필리핀에 도착하고 나서 처음으로 웃음을 터뜨렸다.

시내를 벗어난 뒤에 승합차는 지프니와 트라이시클 여러 대를 앞질러 달렸다. 신호가 없는 좁은 도로에서 차와 사람 들이 아슬아슬하게 비켜 갔다. 타가이타이의 어학원에 도착한 것은 공항을 출발하고 나서 한 시간이 조금 넘은 뒤였다.

차가 입구에 서자 어학원의 철문이 서서히 열렸다. 보안을 위해

높고 튼튼하게 만든 담장과 문은 마치 감옥을 연상시켰다. 목숨을 걸고 탈출하지 않고는 밖으로 나갈 수 없을 것 같은 위압감이 나를 짓눌렀다.

앞서 출발한 승합차 한 대가 우리보다 먼저 도착해 있었다. 원장이 차에서 내린 아이들을 맞았다. 내 인사에 원장은 잠시 알은체를 하더니 곧 아이들 무리를 이끌고 기숙사 쪽으로 움직였다. 승합차에서 트렁크를 내리는 사람 중에 낯익은 얼굴도 보였다.

"쿠야!"

짐을 내리던 쿠야가 나를 돌아보았다. 내 얼굴을 기억하고 있는지 쿠야는 웃는 얼굴로 인사를 대신했다. 사람 좋아 보이는 웃음이 그대로였다. 목이 늘어난 티셔츠까지도. 어학원에서 일하는 쿠야들 중에서 내게 가장 친숙한 얼굴이었다.

단기 어학연수를 왔을 때 아이들과 정원의 코코넛을 따 먹은 적이 있었다. 아이들의 키가 닿지 않는 높은 곳의 코코넛을 겨우 따 주면서 쿠야는 지금처럼 웃었다.

필리핀에 와서 유학생들이 배우지 않아도 알게 되는 타갈로그어가 '쿠야'와 '아테'였다. 어학원의 온갖 일을 맡아 하는 쿠야와 아테를 찾을 일이 많기도 했지만, 말의 어감이 정답게 느껴져 나도 연수 내내 쿠야와 아테를 하루도 부르지 않은 날이 없을 정도였다.

"엄마 아빠를 부르는 것 같아. 느낌이 비슷해."

우리보다 나이가 많은 사람을 부르는 호칭으로, 한국 사람들은 아저씨나 아주머니 정도의 뜻으로 생각한다고 말했더니 준희는 그렇게 받아들였다. 준희는 쿠야, 아테를 나직이 불러보았다.

"너희는 본관 기숙사를 쓸 거니까 잠깐 기다려."

부원장이 빠르게 말하고는 나머지 아이들을 데리고 별관 기숙사로 향했다.

부원장을 기다리면서 우리는 정원을 둘러보았다. 뜨거운 햇살에 눈이 부셔 절로 눈살이 찌푸려졌다. 준희는 수영장, 그네, 골프 연습장을 차례로 눈으로 훑었다. 기숙사 외에 수업을 받는 강의동과 식당 및 편의 시설이 갖춰진 건물이 따로 있었는데, 넓고 깨끗한 환경이 준희도 썩 마음에 드는 눈치였다.

그때 작은 고양이 한 마리가 눈에 들어왔다. 흰색 바탕에 등에는 갈색 무늬가 있는 고양이였다. 크지 않은 몸집에 긴 꼬리를 세우고 있었다. 고양이는 낯선 사람을 경계하는지 우리와 거리를 두고 주변을 맴돌았다. 준희가 고양이에게 손짓을 하자 고양이가 천천히 다가왔다. 준희는 쪼그려 앉은 채로 고양이를 향해 한 손을 내밀었고 고양이는 탐색이라도 하듯이 준희 앞에서 머뭇거렸다. 준희가 조심스럽게 고양이의 몸에 손을 대자 어느덧 경계를 풀었는지 고양이는 준희의 손길을 받아들였다. 고양이의 입에서 작은 울음이 새어 나왔다. 동물을 그다지 좋아하는 편이 아니라서 나는 준희를 물끄러미 내려다보기만 했다.

"아직 다 자라지 않은 어린 고양이야."

준희는 익숙하게 고양이의 털과 머리를 만져주었다. 고양이는 이제 낯선 사람에 대한 경계를 완전히 풀어놓은 듯 준희의 손놀림에 앞발을 내밀며 함께 장난을 쳤다. 전에 왔을 때도 비슷한 고양이가 있었지만 같은 고양이가 아닌 것만은 분명했다. 예전의 고양이는 어디로 갔고 지금 있는 고양이는 언제부터 여기에 살게 된 걸까. 나중에 쿠야나 아테에게 물어볼 참이었다.

"많이 기다렸지?"

부원장이 숨을 헐떡이며 뛰어왔다. 우리는 부원장을 따라 본관 기숙사로 들어갔다. 햇볕이 강해 가만히 있어도 땀이 흘렀는데 실내에 들어서자 에어컨 없이도 서늘한 기운이 느껴졌다.

"근데, 어떡하니?"

부원장이 갑자기 울상을 지었다. 어학원의 실세는 부원장이었다. 중요한 일을 처리하는 건 대부분 부원장이었고 원장은 큰 행사가 있는 날을 제외하고는 얼굴 보기도 힘들었다.

"단기생들이 많이 들어와서 본관까지 방이 다 찼어. 지금은 지하밖에 안 남았네."

우리에게 선택권이 없다는 얘기를 부원장은 그렇게 전했다. 우리 팀이 도착하기 전, 일주일 사이에 꽤 많은 유학생이 몰려왔고 앞서 들어온 유학생들이 모두 방을 배정받은 뒤였다. 한 달 뒤에 단기생들이 빠질 때 원하는 방으로 옮겨주겠다며 부원장은 몹시 미안해했다. 그 얼굴이 어딘지 부자연스럽고 마음에 들지 않았지만 나는 마지못해 부원장의 뒤를 따랐다.

지하로 향하는 계단에서 우리는 끙끙거리며 트렁크를 옮겼다.

부원장이 짧은 복도를 지나 방문을 열고 서둘러 방의 스위치를 올렸다. 깜빡거리며 형광등에 불이 들어왔다. 외부와 철저히 차단된 방. 대낮이라는 사실을 믿기 힘들 정도로 어둡고 음습한 공간이었다. 방 안에는 더블 침대 하나가 중앙에 있고 책상 두 개가 양쪽 벽을 향해 놓여 있었다. 그 외에는 옷을 걸 수 있는 행거 하나가 전부였다. 어학원 내에 이런 공간이 있다는 사실을 처음 알았다. 기숙사 지하의 방에 대해서는 들어본 적도 없었다.

"한 달만, 딱 한 달만. 알았지? 부모님께는 내가 잘 말씀드릴게."

부원장은 미안하다는 뜻인지 우리의 어깨를 두드려주고는 내려왔던 계단을 총총히 올라갔다. 나와 준희가 방 안의 풍경을 망연히 바라보는 동안 눈앞으로 파리 한 마리가 연신 날아다녔다.

방의 어둡고 습한 기운이 다가오자, 내 방이 떠올랐다. 사람을 그리워하듯 나는 내 방이 그리웠다.

준희가 갑자기 눈물을 훔쳤다. 굵은 눈물이 준희의 볼을 타고 흘러내렸다. 철문이 높게 올라간 감옥. 감옥 안에서 가장 후미지고 어두운 구석방. 우리는 처음부터 그 방을 두려워하고 경계했다. 그건 방에 대한 단순한 첫인상이 아닌, 예견된 직감이었을 거라고 나는 나중에야 생각할 수 있었다.

내가 트렁크를 들여놓으며 움직이자, 준희도 나를 따라 들어와 짐을 옮겨놓았다. 서로 얘기를 한 것도 아닌데 나와 준희는 알아서 각자 사용할 책상 앞으로 갔다. 책상 옆쪽의 침대 자리는 자연스럽게 잠자리가 될 터였다. 침대와 책상은 다행히 깨끗하게 정돈

되어 있었다. 우리는 말없이 각자의 짐을 정리했다. 중간에 준희가 몇 번인가 코를 훌쩍거리며 한숨을 내쉬었다.

긴소매 옷을 꺼내 행거에 걸었다. 처음 타가이타이에 왔을 때에는 해발 700미터의 고지대라는 말이 어떤 의미인지 와 닿지 않았다. 서늘하다는 말은 들었지만 긴소매 옷이 필요할 정도는 아닐 거라고 마음대로 생각했다. 내 생각이 얼마나 잘못됐는지를 나는 타가이타이에 도착하자마자 깨달았다. 해가 지면서 팔다리가 서늘해졌다. 밤에 이불을 머리까지 덮고 잠이 들었고, 나는 서둘러 긴 옷을 장만했다. 덥고 못살고 위험한 나라. 그때까지 필리핀은 나에게 그 이상도 이하도 아니었다. 이번에는 긴소매 옷을 챙겼지만 또 내가 예상하지 못한 어떤 일이 나를 기다리고 있을지 모른다.

이른 저녁을 먹은 뒤에 준희와 나란히 침대에 누웠다. 다른 사람과 같은 침대에 누워본 건 처음이었다. 갓난아기였을 때부터 나는 줄곧 혼자 방을 썼다. 나는 밤에도 깨지 않고 잘 자는 아이였다고 엄마가 말해주었다.

"깼어도 몰랐던 건 아니고?"

내가 묻자 엄마는 절대 아니라고 대답했다.

"넌 울지 않는 아이였다니까."

엄마는 그런 나를 기특하게 생각하는 모양이었다.

누군가가 바로 옆에 누워 있다는 사실이 신경 쓰여 나는 마음 놓고 움직일 수가 없었다. 준희도 움직임이 조심스러웠다. 짙은 어둠이 무서워 우리는 불도 끄지 못하고 형광등의 불빛만 바라보았다.

"거기가 제일 시원하고 공부도 잘되는 명당이라면서?"

저녁을 먹고 나서 전화를 했을 때 엄마가 먼저 방 얘기를 꺼냈다. 엄마는 부원장과 통화를 한 뒤였고 곧 방을 옮길 거니까 조금만 참으라며 오히려 날 위로했다. 이 방을 거쳐 간 유학생들이 하나같이 잘되더라는 부원장의 말 때문인지 모르지만, 엄마는 내가 지하 방에 들어오게 된 걸 오히려 다행이라고 생각하는 것 같았다.

"한국에 있었더라면 지금 뭘 하고 있을까?"

울음을 참는지 준희의 목소리가 떨려 나왔고 나도 모르게 눈물이 차올랐다.

누워 있던 준희가 일어나 티슈로 눈물과 콧물을 닦았다. 나도 준희를 따라 일어났다. 형광등 불빛 아래 발갛게 된 준희의 눈이 흐릿하게 보였다. 한국의 모든 것이 그리웠다. 내가 다녔던 학교와 내가 걸었던 길과 내가 있던 모든 곳, 내가 했던 모든 일들이.

준희는 내 눈물을 닦아주며 마치 언니라도 되는 양 나를 안아주었다. 나는 준희의 어깨에 기대 울었다. 아기였을 때조차 울지 않고 잘 자던 내가 울고 있는 게 이상하다는 생각마저 들었지만, 한번 시작된 눈물은 쉽게 멈추지 않았다.

밤은 우리를 가깝게 했다. 두려움과 공포와 낯선 것들에서 우리는 서로를 지키기 위해서 손을 잡았다. 서러운 밤이 지나고 아침이 되었을 때 그 세계가 조금은 덜 두려웠던 건 옆에 준희가 있었기 때문일 것이다. 곤히 자고 있는 준희의 얼굴을 보자 마음이 놓였다.

3

"긴장하지 말고 평소 실력대로 해."

부원장이 말하면서 카메라의 앵글을 맞췄다. 나는 카메라와 세 명의 현지 선생님 앞에 앉았다. 문법과 작문 시험으로 레벨 테스트를 치르고 나서 영어 인터뷰가 이어졌다. 카메라가 있는 게 신경 쓰였는데, 내 기분을 읽었는지 자넷 선생님이 편하게 하라며 나를 안심시켰다. 나와 준희의 담당 튜터가 된 자넷 선생님과는 전날 저녁에 인사를 나누었다.

부원장이 사인을 주자 자넷 선생님이 가벼운 인사를 시작으로 내 소개를 부탁했다. 몇 가지 인적 사항 외에 나를 소개할 말이 떠오르지 않아 내 소개는 금방 끝이 났고 짧은 소개에 선생님들은 김이 빠졌는지 피식 웃었다.

선생님들이 질문을 던질 때마다 나는 말을 더듬었다. 필리핀에 온 첫 느낌은 어땠는지, 한국에서 어떻게 생활했는지, 하다못해 내가 좋아하는 것과 싫어하는 것조차 명확하게 표현할 수 없었다. 그건 영어 실력의 문제가 아니었다. 비행기에서 내려 스크린 도어를 통과하던 순간과 지하 방에 내려와 첫날 밤을 맞으면서 보낸 시간은 한국어로도 표현하기 어려웠다. 영어 인터뷰가 끝날 때까지 내 입에서 만족스러운 대답은 거의 나오지 않았다. 촬영된 내 모습을 보면서 엄마 아빠가 지을 표정이 눈에 선했다.

흘끗 부원장을 보았다. 난처해하는 나와 다르게 부원장은 내가 더듬거릴수록 흡족한 표정이었다. 처음의 나와 얼마의 시간이 흐른 뒤의 나를 사람들은 카메라 속의 모습으로 비교할 것이다. 중요한 건 내 얼굴이 얼마나 햇볕에 그을렸는지, 얼마나 키가 자랐고 얼마나 생각이 깊어졌는지가 아니라, 영어 실력이 어느 정도 늘었는지였다. 비교 영상을 받은 뒤에 만족해할 부모를 위해서라면 처음 인터뷰가 엉망일수록 좋을 것이고, 나는 충분히 부원장의 기대를 충족시켜주고 있는 셈이었다.

준희는 무난하게 인터뷰를 마쳤는지 들어갈 때 긴장했던 표정이 나올 때는 편안해 보였다. 한국의 학원에서 높은 레벨을 받고도 외국에 나갔다 온 아이들 앞에서는 저도 모르게 위축이 되었다던 준희는 나보다 실력이 나았음에 틀림없었다.

어학원에서의 하루는 단조로웠다. 개별 수업과 그룹 수업이 번갈아가며 진행됐고 한국인 매니저들에게 수학이나 과학 수업을 받았다. 시간은 계속 한자리를 맴돌았다. 준희가 심한 장염에 시달리고 내가 모기에 잔뜩 물린 것과 첫날 우리를 맞았던 고양이의 이름을 '망고'라고 지은 것 외에는 별다를 것 없는 시간이 제자리 걸음을 하듯 더디게 지나갔다.

우리를 만나기 전까지 작은 고양이에게는 이름이 없었다. 언제부터 여기에 있었고 왜 아직 이름이 없는지, 망고에 대해 아무도 관심을 갖지 않았다. 아테는 원장이 데리고 왔을 거라고 했고 쿠야는 매니저가 데리고 오는 걸 봤다고 했다.

"담 넘어서 들어왔을걸."

우리보다 먼저 와 있던 유학생 아이는 그렇게 말했다. 치안을 위해서 어학원 주변으로 여러 마리의 개를 길렀는데, 주인 없는 개나 고양이가 근방을 어슬렁거리다가 아예 눌러사는 경우까지 있어 어학원에는 늘 개나 고양이가 많았다.

"정말 궁금하다. 말을 할 수 있으면 물어볼 텐데."

망고 앞으로 우유 그릇을 밀어주며 준희가 중얼거렸다.

"그럼 넌 오늘부터 망고야. 알았지, 망고?"

"왜 하필 망고야?"

"내가 좋아하니까."

준희는 당연하다는 투로 대답했다. 필리핀에 오고 나서 좋은 건 망고를 실컷 먹을 수 있는 거라고 준희는 얘기했었다. 그날부터 고양이는 '망고'로 불렸고 준희는 망고의 주인이 되었다.

오전 수업을 마치고 밖으로 나왔을 때, 망고는 별관 기숙사의 난간 위에서 졸고 있었다. 슬그머니 눈을 뜨는가 싶더니 느리게 몸을 일으키다가 준희가 손을 내밀자 폴짝 뛰어 아래로 내려왔다.

"나의 오른쪽은 루시, 왼쪽은 망고."

준희가 망고를 번쩍 안아 올렸다.

"내가 고양이랑 동급이라는 거야?"

"망고가 너랑 동급이라는 거지."

"그게 그거잖아. 뭔가 기분 나쁘다."

우리는 농담을 주고받았다.

준희와 함께 있을 때면 선생님들은 곧잘 우리 둘의 이름을 혼동했다. 처음부터 우리를 정확히 기억한 건 자넷 선생님뿐이었다. 작은 체구와 앳된 외모에도 불구하고 자넷 선생님은 항상 다부진 얼굴을 하고 있었다. 한국에 대한 관심만큼이나 한국 학생들도 꼼꼼히 살폈다. 우리의 담당 튜터가 자넷 선생님이라는 사실이 무엇보다 마음에 들었다.

"루시? 리사?"

다른 선생님들은 매 시간마다 우리의 얼굴과 이름을 확인하고 넘어갔다. 준희의 영어 이름인 '리사'가 내 이름과 비슷해서 사람들이 준희와 나를 구분 짓는 데 시간이 걸렸다.

"우리는 처음부터 뭔가 통했던 거야. 운명 같은 거?"

준희가 운명이라고 말하던 '루시'라는 이름은 한국에서 처음 영어 학원에 갔던 날, 선생님이 즉석에서 지어준 이름이었다. 썩 마음에 들지 않았는데 아이들이 이미 나를 '루시'라고 부르기 시작해서 그냥 썼을 뿐이다. 나조차 어색한 이름이 감옥 안에서 사용하는 죄수 번호처럼 나를 따라다녔다.

수업이 없는 주말이면 유학생들은 주로 필리핀 관광에 나서는데, 첫 일정은 타알 화산으로 잡혀 있었다.

"거긴 어떤 곳이야?"

준희의 물음에 나는 대답을 머뭇거렸다. 세계에서 가장 작은 화산이라는 설명 외에 기억나는 것이 없었다. 별로라는 뜻으로 받아들였는지 준희가 떨떠름한 얼굴을 지었다.

철문이 열리고 일주일 만에 우리는 어학원 바깥의 세상을 구경했다. 철문 하나를 넘었을 뿐인데 두 곳의 공기는 달랐다. 문밖을 나서자 숨이 트였다.

일주일이 지나는 동안 준희는 하루도 울지 않은 날이 없었다. 하루 일정을 마치고 지하 방에 들어가면 준희는 기다렸다는 듯이 눈물을 떨어뜨렸다. 그렇게 울고 싶은 걸 어떻게 참았는지 신기할 정도였다. 나는 그저 티슈를 건네주거나 옆에 말없이 앉아 있는 걸로 준희를 위로했다. 첫날 준희의 어깨에 기대어 운 뒤로 나는 울지 않았다. 내가 이곳에서 버텨야 하는 시간이 이제 시작에 불과하다는 생각을 하자 눈물조차 나오지 않았는데, 준희는 그 사실이 더 절망스럽다고 했다.

호수 근처에 도착했을 때는 햇빛이 강한 오후였다. 차에서 내려 우리는 인솔 선생님을 따라갔다. 에어컨이 있던 차에서 나오자 볕이 뜨거웠고, 눈을 제대로 뜰 수가 없어 손차양을 하고서도 얼굴을 잔뜩 구겼다. 최대한 볕을 피해 바닥만 내려다보고 걸었다. 부원장은 타알 화산과 호수를 구경하고 전망이 좋은 음식점에서 외식을 하는 걸로 토요일 오후의 스케줄을 잡았다.

"아!"

배를 타기 위해 선착장 가까이 갔을 때 준희가 탄성을 뱉어냈다. 고개를 들어보니 눈앞으로 잔잔한 호수가 펼쳐져 있었다. 날씨가 화창해 호수는 하늘을 그대로 담아냈다. 이런 풍경을 본 적이 있던가. 전에 타알 호수에 왔던 기억과는 전혀 딴판이었다. 그때는 기껏 조랑말 타는 재미에 빠져 있었고 흐린 하늘 아래 비친 호수의 모습에 조금 실망했었다. 똑같은 장소인데 내 기억과 느낌은 너무도 달랐다.

타알 섬의 전망대에서는 조금 전의 준희처럼 나도 짧은 탄성을 냈다. 나는 필리핀에서 가장 아름다운 곳이 타알 호수일 거라고 확신했다.

하늘과 산, 호수가 한눈에 들어왔다. 햇빛이 반사된 호수의 물결이 별빛처럼 반짝였다. 바람 한 점 불지 않는 호수의 표면은 주변의 풍경을 고스란히 담았다. 타알 화산은 마치 평화로운 섬처럼 호수 위에 떠 있었다. 호수는 섬을 품었고 섬 안에 또 호수가 있었다. 호수 안에 다른 세계가 있는 것만 같았다. 시끄럽던 초등학생들의 말소리가 음소거가 된 듯이 내 귀에 들리지 않았다. 정상에 오르기까지 덥고 힘들었던 일도 모두 잊을 수 있었다. 오롯이 호수가 담아낸 풍경만이 나를 사로잡았다. 한 폭의 수채화 같고, 한 점의 아름다운 사진 같은 풍경이 눈앞에 펼쳐졌다. 자연 앞에서 가슴이 떨리기는 처음이었다.

옆에 있는 준희를 돌아보았다. 줄곧 한곳에 머물러 있는 준희의 까만 눈동자에 호수가 담겼다. 물기를 머금은 준희의 눈동자가 빛났다. 무슨 생각을 하는 걸까 물으려는데 준희가 내 손을 잡았고, 나는 준희를 부르려던 입을 다물었다. 우리는 말없이 호수를 바라보았다. 준희의 손이 내게 말을 걸었다. 아직 세상을 마음껏 둘러보지 못한 열일곱 생애에서 이렇게 아름다운 풍경은 처음이라고, 이 순간 옆에 있어줘서 고맙다고, 앞으로도 이렇게 함께 하자고. 준희의 손은 그렇게 말하고 있었다. 나는 끄덕끄덕 고개를 움직였다.

준희에게서 무심코 시선을 돌린 순간, 민우 선생님과 눈이 마주쳤다. 황급히 다른 곳을 보았지만 가슴이 뛰었다. 호수 때문일까, 민우 선생님 때문일까.

한국에서 대학을 휴학하고 필리핀에 왔다는 민우 선생님은 어학원에서 수학을 가르쳤다. 아이들의 학습과 생활지도를 맡고 있는 한국인 매니저 중 한 명이었다.

민우 선생님은 스물네 살이라고 첫 수업 시간에 밝혔다. 준희 말대로라면 우리와는 '나쁘지 않은' 나이 차였다.

"필리핀에 온 게 나한테 운명일지도 몰라."

처음 수학 수업을 마치고 나서 준희는 확실히 운명론자가 되었다.

준희는 여전히 호수의 풍경에 빠져 있었다. 민우 선생님을 보고 나자 호수에 커다란 돌멩이 하나를 던진 것처럼 내 안에서 잔물결이 일었다. 준희에게 마음을 들킬까 봐 나는 서둘러 준희의 손을 놓았다.

타알 호수의 여운은 밤이 되도록 남아 있었다. 어김없이 우리가 지내는 지하의 세계에는 어둡고 음울한 공기가 들어찼다. 이 생활도 그럭저럭 견딜 만하다고 생각하다가도 밤이 되면 첫날 준희와 울었던 자리에서 한 발짝도 나아가지 않은 기분이 들었다. 호수의 잔상 때문인지 민우 선생님의 눈길 때문인지 밤의 어둠이 더 깊게 느껴졌다.

"아까 무슨 생각 했어? 호수에서."

준희의 말에 문득 정신을 차렸다. 준희가 회전의자를 돌려 앉았다. 침대에 엎드려 있던 나는 이어폰을 빼고 준희를 올려다봤다.

"너랑 같은 생각."

내 대답에 준희가 픽 웃었다.

"나중에 한국에 가서도 잊지 못할 거야, 타알 호수."

준희의 표정은 낮의 기억을 더듬고 있었다. 어두운 방 안에서는 작은 소리도 유난히 크게 들렸다. 준희가 움직일 때마다 의자에서 소리가 났다.

"근데 그런 날이 오기는 할까? 한국에서 타알 호수를 떠올리는 날 말이야."

준희가 물었다. 나는 침대에 누워 멀거니 천장만 바라보았다. 형광등 주변으로 벌레들이 모여들었다.

"언젠가는."

나는 일부러 밝은 목소리를 냈다. 까마득한 그날에 타알 호수에 대해 얘기하는 순간을 상상하면서.

"넌 어차피 한국으로 갈 거 아니잖아."

필리핀에서 하이스쿨을 졸업한 후에 나는 미국에 있는 대학으로 갈 예정이었다. 준희의 말에 아주 먼 곳에서 타알 호수를 추억하는 내가 그려졌다.

"여기서 입시에 시달리는 것보다 훨씬 낫지."

필리핀으로 떠나기 전에 엄마는 짐을 챙겨주며 이만하면 행복한 거 아니겠냐고 나에게 반문했다. 엄마는 그렇게 믿고 있을 게 틀림없었고, 대답은 하지 않았지만 나 또한 엄마의 생각과 크게 다르지 않았다.

"넌?"

준희에게 되물었다. 준희는 초점 없는 눈으로 허공을 응시했다.

"난 결정된 게 없어. 내가 우겨서 왔지만 아직은 어떻게 할지 모르겠어. 너처럼 다른 나라로 가는 건……"

말끝을 흐리는가 싶더니 준희는 표정을 바꾸었다.

"그래도 방법은 여러 가지가 있으니까. 여기서 대학을 다니다가 한국 대학으로 편입을 할 수도 있고 한국이 아니더라도 내가 갈 수 있는 나라를 찾아보려고. 국립대나 주립대라면 부모님도 허락하실 거야. 들어가기 어렵겠지만 내가 열심히 하면 되니까."

준희의 얼굴은 조금 전과 다르게 기대와 자신감에 차 있었다.

"예전 같았으면 우린 10학년이라 곧 졸업할 텐데. 그랬다면 필리핀에서 바로 대학을 갔을 거야."

필리핀 교육 과정이 10학년에서 12학년 제도로 바뀐 걸 두고 준희는 몹시 아쉬워했다. 필리핀에서 대학을 간다면 예전에 비해 시간을 손해 보는 셈이었다. 미국의 대학으로 가려면 12학년까지 마쳐야 해서 나는 크게 생각해보지 않은 문제였지만 준희의 기분은 이해할 수 있었다. 이곳에서의 시간을 조금이라도 빨리 돌리고 싶은 건 나도 마찬가지였으니까.

습기와 더위는 시간이 지나면 나아질 것이다. 일주일이 지난 것처럼 한 달, 1년이 지나다 보면 아무렇지 않은 일상이 될 일들. 엄마의 제안이 있었지만 선택은 내가 했다. 그렇게 생각하자 훨씬 위로가 되었다.

4

잠에서 깨어났을 때 내가 있는 곳이 기숙사 방인 줄 알았다. 이불 밖에서 들리는 엄마 목소리에 정신이 들었다.

"언제부터 자고 있었어?"

밖은 어두워져 있었다. 저녁에 외식을 하자던 아빠는 아직 집에 오지 않은 모양이었다.

"아빠는 퇴근이 좀 늦어졌어. 우리끼리 나가서 먹고 있으면 오시기로 했으니까……"

"그냥 집에 있고 싶어."

내 말에 엄마는 난처한 표정을 지었다. 미안한 표정일 수도 있었다. 나는 사람들의 표정을 정확하게 읽지 못했다.

엄마는 바로 저녁 준비를 시작했고 금세 상을 차려냈다. 아빠는 그때까지 집에 오지 않았다. 엄마와 아빠는 같은 은행의 다른 지점에 근무했다. 일이 밀려 있을 때면 늦은 밤에 들어오거나 새벽에 나갔다. 엄마 아빠가 그렇게 일한 덕분에 나는 안락한 생활을 누리고 유학을 떠날 수 있었다.

오랜만에 엄마와 함께하는 식사 자리였지만 둘만의 시간은 편하지 않았다. 필리핀에서의 일들을 엄마가 물어볼까 봐 걱정되었다. 나는 엄마가 이해할 수 있는 얘기들을 찾아야 했다.

"괜히 돌아다니지 말고 집에서 푹 쉬어. 쉬고 싶다고 해서 오라고 한 거니까."

엄마는 내 밥 위에 생선 살을 발라 올려주었다.

"친구들도 만나고 그럴게."

생선을 바르던 젓가락이 잠깐 멈추는가 싶더니 엄마는 대답하지 않고 다시 젓가락을 움직였다. 엄마가 모르게 나는 작게 한숨을 내쉬었다. 우리의 대화는 늘 이런 식이었다. 엄마와 아빠도, 엄마와 나, 아빠와 나, 셋이 모두 모여도. 각자 하고 싶은 말만 하거나 정작 해야 할 말을 피했기 때문에 우리의 대화는 쉽게 끝났다.

"기숙사 생활은 할 만해?"

"응."

"논문 준비도 시작했다면서?"

"응."

엄마는 내게서 무언가 다른 얘기를 듣고 싶어 했지만 나는 엄마가 원하는 얘기를 들려줄 수 없었다.

"안 좋았던 일은 생각하지 말고. 너랑 상관없는 일이니까."

"......"

나는 숟가락을 내려놓았다. 피곤하다는 말을 남기고 방으로 들어왔다.

방문 앞에 스르륵 주저앉았다. 한국과 필리핀에서의 기억이 되살아났다. 한때는 진짜 친구라고 생각했던 아이들의 얼굴도 하나씩 떠올랐다. 타가이타이에서 함께 지냈던 준희와 현아, 필리핀으로 떠나기 전에 누구보다 친했던 유미와 소영이.

유미는 중학교 1학년과 3학년 때 같은 반이었다. 3학년 초에 소영이까지 전학을 오면서 우리 셋은 항상 붙어 다녔다. 내가 유학만 가지 않았더라면 계속 그렇게 지냈을 것이다.

"다른 애들이야 초등학교, 중학교 때부터 떠난다지만 지금도 늦은 건 아니야. 우선 필리핀으로 가자. 너도 경험이 있고 원장님 부부가 워낙 믿을 만하다고 소문이 나 있으니까 걱정 안 해도 될 거야."

필리핀은 한국 학생이 많은 게 단점인데 타가이타이 정도면 괜찮은 편이라고, 한국 학생이 적은 국제학교도 있다는 말을 하며 엄마는 평소와 다르게 약간 상기된 얼굴을 하고서 유학 안내서를 내밀었다.

엄마의 제안을 듣고서도 실감이 나지 않았다. 한국에 있는 나와 유학을 떠난 나를 상상해보았다. 한국에서의 모습은 비교적 쉽게 그려졌다. 학교와 학원을 돌고 도는 생활, 그럼에도 불구하고 그저 그런 성적으로 고3이 되어 진학표를 앞에 두고 고심하는 담임과 엄마의 모습이 자연스럽게 떠올랐다. 어떻게든 대학에 간다 하더라도 내 성적으로 좋은 대학은 어려웠다. 특별한 재주도, 하고 싶은 일도 없었다.

어학원 홈페이지의 사진들에 내 모습을 넣어보았다. 홈페이지에는 졸업생들의 성공 사례가 광고처럼 게시판에 올라와 있었다. 가서 견딜 수 있을까? 잘할 수 있을까? 나에게 질문을 해보았지만 대답은 선뜻 나오지 않았다.

최종 결정을 나에게 맡겨두고도 엄마는 유학을 간다는 사실을 기정사실화한 사람처럼 나를 대했다. 부원장과 자주 전화 통화를 나누었다. 한국에 있을 때 대형 학원을 운영했다던 원장 부부의 이력을 엄마는 신뢰했다. 이민을 가기 전에는 원장 부부가 엄마가 일하는 은행의 고객이었지만, 지금은 반대로 엄마가 원장 부부의 고객이 된 셈이다.

한국에서 입시 준비를 하느니 유학을 가는 게 훨씬 나을 거라는 아빠의 말에 나는 결국 결정을 내렸다.

가장 아쉬워한 건 유미였다.

"몸은 떨어져 있어도 마음은 변하지 말자."

우리는 우정 팔찌까지 나눠 가졌다. 그때만 해도 나는 멀리 떠나더라도 내가 두고 간 모든 것이 그 자리에서 나를 기다릴 줄 알았다.

유미의 연락을 받은 건 잠자리에 들기 전이었다. 휴대전화를 확인해보니 메시지가 와 있었다.

귀국한 거 경축^^ 내일 학교 앞으로 와.

마침 방학식이라 일찍 끝난다면서 유미가 약속 시간을 알려주었다. 필리핀에 있는 동안 한국에 오고 싶은 이유 중 하나가 친구들을 만나고 싶은 거였다. 하지만 유미의 말에 나는 쉽게 대답을 못하고 망설였다. 내가 주저하는 동안 유미에게 다시 메시지가 왔다. 크리스마스에는 다른 친구들과 오래전에 잡아둔 약속이 있다며 미안해했다.

내가 갑자기 왔잖아.

만나러 가겠다고 답장을 보내자 유미에게서 바로 웃는 이모티콘이 날아왔다.

친구들을 만나면 준희 생각은 조금 멀어질지도 모른다. 애써 준희 생각을 떨쳐버리면서 나는 침대에 누웠다. 막 불을 껐을 무렵 아빠가 들어오는 소리가 났다. 방문이 열렸다 닫혔지만 나는 그대로 눈을 감았다.

다음 날 방학식이 끝나는 시간에 맞춰 학교 앞으로 친구들을 만나러 갔다. 교문을 나오는 아이들 사이로 종종 내가 아는 얼굴도 있었다. 손을 흔들고 인사를 나누기에는 어색한 사이가 된 친구들. 나는 이방인처럼 교문을 등지고 멀찍이 물러났다.

필리핀에 가지 않았더라면 나도 방학식을 마치고 아이들과 함께 교문을 나설 것이다. 고3이 되기 전 마지막 겨울방학이었다. 방학과 함께 시작될 본격적인 입시 준비와 학원 스케줄. 어느 게 더 행복한 건지는 알 수 없었다. 내가 가지 않은 길을 나 아닌 다른 사람이 증명할 수는 없을 테니까.

"김이진!"

유미가 교문을 뛰어나왔고 뒤로 소영이가 따라왔다. 우리는 손을 맞잡고 호들갑스럽게 인사를 나누었다. 지나가던 아이들이 우리를 흘끗거리며 비켜 갔다.

"뭐야, 너 엄청 탔어."

유미가 눈을 크게 뜨고 나를 훑어보았다.

"이 정도면 필리핀에서는 하얀 얼굴로 먹혀."

나는 농담으로 받아쳤다. 우리는 예전처럼 나란히 팔짱을 끼고 걸었다. 교복을 입은 유미와 소영이 사이에서 사복을 입은 내가 도드라져 보였다. 변한 게 없는 것 같으면서도 이 세계가 낯설었다. 내 전부가 있던 세계가.

크리스마스 때문인지 거리에는 사람이 많았고, 우리는 팔짱을 낀 채로 사람들 사이를 이리저리 돌아다녔다. 간간이 노점에 나온 액세서리를 구경하기도 했지만 전처럼 흥이 나지 않았다. 오래전 시간들이 떠올랐다. 시내를 쏘다니면서 길거리 음식을 먹고 웃고 떠들던 시간들. 화장품 가게에 들어가서 서툴게 화장을 덧칠하고 옷 가게에서 유행하는 옷을 입어보던 일들. 양쪽에 가장 친한 친구들을 두고도 지나온 시간들이 자꾸 의심스러웠다. 유미와 소영이의 반응도 시원치 않았다.

패스트푸드점에 들어가서 햄버거를 먹어 치우고 나자 우리 사이에 어색한 기운이 흘렀다. 유미는 휴대전화를 보다가 갑자기 웃음을 터뜨렸고 소영이가 뭔데? 하면서 유미의 휴대전화를 들여다보았다. 그러고는 한참이나 내가 모르는 어떤 아이 얘기를 꺼냈다.

"방학만 되면 이번 방학이 제일 중요하대. 웃기지 않냐?"

"내 말이. 좀 있으면 고3이라는 말을 몇 년째 듣고 살았는지."

휴대전화를 만지작거리면서 유미랑 소영이가 불만을 쏟아냈다.

"진이 완전 부럽다."

내가 앞에 있는 게 이제야 생각났다는 듯이 유미가 불쑥 나를 흘겼다.

"부럽긴 뭐가 부러워. 그렇게 위험한 데 있느니 난 차라리 여기가 나아. 공부하는 데 목숨까지 걸어야 돼?"

"여기서도 목숨 걸고 공부하는 애 많거든? 물론 나는 아니지만."

유미랑 소영이가 킥킥거리며 웃었다. 나도 씁쓸한 웃음을 지었다. 위험하다고, 아니면 위험하지 않다고도 대답할 수 없었다. 쿠야의 얼굴을 떠올릴 때면, 자넷 선생님이나 제니퍼, 파올로의 얼굴이 생각날 때도, 나는 자유롭지 못했다. 필리핀에서 일어나는 범죄 관련 뉴스에 마음껏 필리핀과 필리핀 사람들을 비난할 용기가 내게는 쉽게 생기지 않았다.

"이준희가 필리핀에서 적응을 못한 것도 이해가 간다니까."

소영이가 갑자기 준희 얘기를 꺼냈다.

"갠 원래 이상한 애라며? 그럼 어디서든 적응하기 어려웠겠지."

유미는 본 적도 없는 준희에 대해 알은척을 했다.

"케빈 베이컨의 법칙이라더니 세상이 넓어도 다 아는 사이가 맞나 봐."

"그래서 이준희는 어떻게 된 건데?"

소영이랑 유미가 주거니 받거니 하다가 내게 되물었다. 준희의 소식이라면 내가 더 궁금했다. 두어 사람만 건너면 다 아는 사이고 친구라는데, 누군가 준희를 아는 사람이 있다면 준희가 지금 어떤 상태인지 알려달라고 하고 싶었다.

소영이는 전학을 오기 전에 준희와 같은 학교에 다녔다. 한 반은 아니었지만 준희를 알고 있었던 모양이다. 내 SNS에 글을 남긴 준희를 소영이가 알아보았다.

이준희랑 가깝게 지내지 마. 소문이 별로야.

소영이가 필리핀에 있는 내게 메시지를 보내왔다. 준희와 친하게 지내던 아이가 따돌림을 당했을 때, 준희가 누구보다 앞에서 그 친구를 괴롭혔다는 것이다. 소영이의 말을 나는 믿기 어려웠다.

그 친구가 전학 가고 나서는 배신자라고 낙인찍혀서 이준희 근처에 가려는 애들이 없었대. 이준희랑 같은 반이었던 애한테 직접 들은 얘기라니까.

소영이의 말에 준희를 만난 적이 없는 유미까지 준희를 비난했다.

필리핀까지 도망간 거네.

유미는 그렇게 결론을 내렸다. 중학교를 졸업하면서 최후로 선택한 방법이 유학일 거라면서 준희를 씹어댔다. 소영이가 아는 준희와 내가 아는 준희가 동명이인이기를 바랐지만, 소영이는 아니라고 확실하게 못을 박았다.

내가 친구들과 SNS로 얘기를 하는 동안 준희는 내 옆에 있었다. 문득 돌아본 준희는 공부를 하느라 내가 뭘 하는지 신경도 쓰지 않았다.

"친했던 친구가 전학 가고 나서 계속 혼자였어. 혼자 있는 것도 나중에는 익숙해지더라."

언젠가 준희가 했던 얘기가 생각났다. 교실에 우두커니 혼자 앉아 있는 준희를 떠올리고 나까지 마음이 쓰렸었다. 어쩌면 준희에게는 그럴 수밖에 없는 이유가 있었을지 모른다. 혹시 무슨 오해가 있었던 건 아닐까.

미술 시간에 본 그림이 떠올랐다. 손잡이가 있는 컵을 좌우, 위아래에서 본 모양을 그린 그림이었다. 보는 각도에 따라 다르게 보인다는 당연한 설명을 하면서, 선생님은 칠판에 컵을 그리고

"이건 어디서 본 모습일까?"라는 질문을 던졌다.

"진짜 가기 싫다."

시계를 보고 소영이가 우는소리를 하면서 가방을 멨다. 유미도 서둘러 겉옷을 챙겨 입었다. 학교는 방학을 해도 학원 수업은 많아졌다면서 둘은 툴툴거렸다.

패스트푸드점에서 나오자마자 우리는 헤어졌다. 가는 방향이 달라 다음에 만나자는 막연한 약속을 남기고 손을 흔들었다.

웃으며 친구들과 인사를 나누었지만 돌아서자 이내 웃음이 가셨다. 떨어져 지내는 동안에 자주 연락을 주고받았어도 SNS와 휴대전화의 문자로 나누지 못한 말은 무수히 많았다. 헤어진 뒤로 조금씩 멀어졌다는 사실을 친구들을 만나고 나서야 깨달았다. 유미랑 소영이가 나누는 대화에 나는 자연스럽게 녹아 들어가지 못했다. 수행평가, 기말고사, 수시와 수능. 내 것일 뻔했지만 이제 내 것이 아닌 일들 속에서 나는 저만치 물러나 있었다.

내가 겪은 일들을 털어놓았어도 마찬가지였을 것이다. 나에게는 현실인 일들이 유미나 소영이에게는 뜬구름 같은 이야기였다. 논문과 졸업, 토플 시험과 또다시 시작된 유학 준비와 익숙하지 않은 세계와 사람들. 회오리에 빨려 들어가 낯선 곳으로 떨어지는 기분에 대해 설명하면 친구들은 나를 얼마나 이해해줄까. 그곳에서 허수아비나 사자, 양철 나무꾼을 만난 이야기를 하면 뭐라고 할까.

'야, 그런 이상한 애들이랑 왜 어울려?'

유미도 소영이도 그렇게 말할지 모른다.

'알고 보면 이상한 친구들이 아니야. 다 사정이 있었거든.'

'사정은 무슨? 사람 흉내를 내는 것부터가 이상해.'

변명하는 나와 단정 짓는 친구들. 제자리로 돌아왔지만 아무도 도로시의 말을 믿지 않았다.

5

"루시! 리사!"

아래층에서 아테의 목소리가 들렸다. 돌아누우며 나는 이불을 머리끝까지 끌어올렸다.

"김이진, 일어나!"

준희가 이불을 걷어냈다. 눈을 뜨고 보니 준희는 벌써 씻고 나왔는지 머리에 수건을 두른 채였다. 나는 겨우 일어나 늘어지게 하품을 했다. 한국 드라마를 다운받아 보다가 늦은 시간에 잠이 들었다.

"난 아침은 생략! 도시락이나 좀 챙겨줘."

준희한테 부탁하고 나서 방에 딸려 있는 욕실로 들어갔다.

테두리에 녹이 슨 작은 거울에 부스스한 내 모습이 드러났다. 칫솔에 치약을 짜려던 손길이 멈추었다. 칫솔 손잡이 부분에 피어난 검은 곰팡이가 눈에 들어왔다. 자주 닦고 신경을 써도 며칠만 지나면 곰팡이는 도로 생겼다. 처음에는 찝찝한 기분이 들어 쓰던 칫솔을 버리고 새걸로 썼지만 새 칫솔도 얼마 가지 않아 곰팡이가 피었다.

그대로 양치를 시작했다. 곰팡이는 아무것도 아니었다. 어제도 분명 샤워기의 물을 틀어 씻어냈는데 타일 위 비슷한 자리에 또 바퀴벌레가 알을 슬어놓았다. 데자뷔 같은 나날이 이어지면서 어느새 나는 곰팡이나 바퀴벌레, 곤충 따위와 공존하고 있었다.

단기 유학생들이 한국으로 돌아간 뒤에 어학원은 휴양지처럼 고요해졌다. 남아 있는 유학생들은 거의 동생이나 언니, 오빠였고 친구로 지낼 수 있는 사람은 준희밖에 없었다. 아이들이 빠져나가자마자 준희와 나는 별관 기숙사 2층으로 방을 옮겼다. 지하 방을 벗어난다는 사실에 준희와 나는 잔뜩 들떴다. 4인실이었지만 우리가 지하에서 지냈던 게 미안했는지 부원장은 선뜻 넓은 방을 내주었다.

쿠야가 우리를 도와 짐을 옮겼다. 방음이 안 되는 게 흠이지만 2층 방이 우리는 마음에 들었다. 창문을 열면 정원도 보였고 둘이 쓰기에 충분할 만큼 넓었다.

"악! 진아! 김이진!"

욕실에서 바퀴벌레와 맞닥뜨린 준희가 사색이 되어 뛰어나오고 나서야 깨달았다. 본관에 비해 별관 기숙사는 벌레나 곤충이 훨씬 많다는 사실을.

"다시 옮길까? 본관 1층에도 빈방이 있잖아."

준희가 말했지만 나는 그럴 마음이 조금도 없었다.

"본관은 벌레보다 무서운 게 있잖아."

"하긴."

내 말에 준희가 쿡쿡 웃었다.

썰물처럼 단기 유학생들이 빠져나간 뒤로 부원장은 장기 유학생들에게로 관심을 돌렸는데, 대부분이 잔소리로 이어졌다. 매달 치르는 시험과 레벨 테스트를 가지고 닦달하는 건 기본이었고 자고 일어나는 시간이나 용돈 쓰는 것까지 사사건건 확인하려 들었다. 원장 부부가 있는 본관 기숙사에 있느니 우리는 별관에서 곤충들과 공존하는 쪽을 택했다.

교복까지 갈아입고 나서야 학교 갈 준비를 마쳤다. 치마는 아테에게 부탁해서 줄였다. 한국의 교복과 비교할 수는 없어도 '문화적 충격' 정도는 아니었다.

가방을 메고 내려오자 1층 거실에 민우 선생님이 나와 있었다. 방을 옮기고 나서부터는 1층에서 영화를 보거나 게임을 하는 민우 선생님과 종종 마주쳤다.

"김이진!"

꾸벅 인사를 하고 지나가려는데 민우 선생님이 내 이름을 불렀다. 루시가 아닌 김이진, 이라고 진짜 내 이름을 불렀다.

"잘 갔다 오라고."

민우 선생님은 가볍게 인사를 건넸다. 조금 전에 일어났는지 편한 차림이었다. 트레이닝복에 손으로 대충 정리한 것 같은 머리 모양. 민우 선생님의 웃는 얼굴이나 가끔 들리는 낮은 음성에 나도 모르게 마음이 설렜다. 학교에 다니면서부터 민우 선생님과의 수업은 없었지만 잠이 오지 않는 날이면 침대에 누워 민우 선생님을 떠올리기도 했고, 민우 선생님을 떠올리다가 밤새 뒤척인 날도 많았다.

내가 별관 기숙사에 남고 싶었던 진짜 이유는 민우 선생님 때문이었다. 별관 1층에서 생활하는 민우 선생님과 오가며 만나거나, 민우 선생님 목소리가 우리 방까지 들리기도 했다. 운이 좋은 날은 지금처럼 학교에 갈 때 마주쳤고, 그런 날은 기분 좋게 하루를 시작할 수 있었다.

"여기에 민우 샘도 없었으면 어땠을지 상상이 안 간다."

준희도 민우 선생님을 좋아했다. 민우 선생님이 어떤 옷을 입었는지, 누구와 무슨 대화를 나누었는지, 모든 게 우리의 관심사였다.

"근데 자넷 샘 좀 이상하지 않아? 민우 샘 앞에서는 목소리도 달라진다니까."

준희는 자넷 선생님이 민우 선생님을 좋아한다고 믿었다. 자넷 선생님은 한국에 관심이 많았고 한국 노래도 즐겨 들었다. 민우 선생님에게 끌리는 것도 당연한 일일지 모른다.

준희의 말에 나는 토를 달지 않았지만 준희가 모르는 게 있었다. 준희가 짐작하는 것 이상으로 내 마음에 민우 선생님이 있다는 사실이 그랬다. 준희에게 솔직하게 털어놓으려고 해도 한번 숨긴 마음은 좀처럼 드러내기 어려웠다.

현관을 나설 때 식당에서 도시락을 챙겨오는 준희와 만났다. 준희는 망고를 그냥 지나치지 못하고 도시락을 들지 않은 손으로 망고를 어루만졌다.

"필리핀에서 좋은 건 딱 하나야."

"뭔데?"

"늘 옆에 망고가 있다는 거."

전날 밤에 망고를 먹으며 준희는 그렇게 말했다. 아침저녁으로 먹어치우던 망고와 준희만 보면 다가오는 고양이 망고. 망고는 종종 내 주변도 어슬렁거렸으나 내가 관심을 보이지 않아 그러는지 이제는 나를 보고도 멀찍이 거리를 두었다.

"망고야, 언니 학교 갔다 올게."

준희의 말을 알아들은 것처럼 망고는 준희의 다리에 제 몸과 꼬리를 감으며 소리를 냈다. 망고를 떼어놓은 준희가 마지막으로 승합차에 올라탔다. 차가 출발하자 커다란 철문이 열렸다.

등교하는 아이들로 복도와 계단이 소란스러웠다. 국적이 다른 아이들의 말이 섞여 들렸다. 필리핀, 일본, 중국, 인도네시아와 아프리카까지. 사이사이 한국 아이들이 끼어 있었다.

"혹시 그 얘기 들었어?"

교실로 가면서 준희가 물었다. 뭔데?라고 내가 눈으로 물었다.

"목사님 댁에 갔다던 애 말이야."

어학원에서 안 좋은 일이 있어 한동안 목사님 댁에 있다가 돌아온다는 장기 유학생에 관한 얘기였다. 원장과 부원장은 목사님과 사이가 각별했다. 원장 부부는 어학원의 일을 목사님과 의논하는가 하면, 일요일에는 무슨 일이 있어도 유학생들을 모두 예배에 참석시켰다. 한국에 살 때 교회에서 맺은 인연으로 어학원을 찾는 경우도 꽤 있었다.

"우리랑 나이도 같다는데 잘 지낼 수 있을까? 소문이 별로던데."

준희의 말을 듣는 순간 나는 소영이가 해준 얘기가 떠올랐다. 준희에 관한 소문이 안 좋으니 가깝게 지내지 말라는 말.

"겪어보면 알겠지. 소문은 소문이니까."

누구를 두고 하는 말인지 애매했지만 나는 준희에게 그렇게 대꾸했다. 준희의 고민과 다르게 나는 새로운 친구에 대한 기대감이 컸다.

준희에게 걱정 말라고 하며 교실에 들어서려는데 가정 과목을 가르치는 에이밀 선생님이 웃으며 우리에게 다가왔다. 신혼이라는 얘기를 들어서인지 에이밀 선생님은 언제 봐도 밝고 행복한 얼굴이었다.

에이밀 선생님은 우리에게 무슨 안 좋은 일이라도 있는지 물었다. 우리 표정이 꽤 심각해 보였다는 것이다. 전혀 아니라고 대답하자 이번에는 학교 생활은 어떤지, 한국의 가족들과는 자주 연락을 하는지 궁금해했다. 담임이 아닌데도 에이밀 선생님은 우리에게 관심을 가졌다. 우연히 마주치면 꼭 한마디씩이라도 말을 걸었다. 에이밀 선생님의 수업을 싫어하는 게 미안할 정도였다.

잘 지내고 있다고 대답한 뒤에 인사를 하고 돌아서려 하자, 에이밀 선생님이 다시 우리를 불러 세우더니 물었다. 누가 루시이고 누가 리사인지.

"너희는 꼭 쌍둥이 같아."

에이밀 선생님이 덧붙였다. 우리 둘의 이름을 헷갈리는 경우는 있어도 쌍둥이 같다는 얘기는 처음이었다. 조금 황당한 얼굴로 나와 준희는 서로를 바라보며 웃음을 터뜨렸다. 준희와 나는 닮은 구석이 없었다. 생김새도 달랐고 머리 모양도 달랐다. 한국인이라는 것과 같은 교복을 입었다는 사실 외에는 비슷한 점을 찾기 어려웠다.

나는 장난으로 에이밀 선생님에게 우리를 반대로 소개했다. 나를 리사로, 준희를 루시로. 에이밀 선생님은 꼭 기억하겠다는 듯이 우리 이름을 반복해서 부르면서 얼굴을 눈여겨보았다.

"왜 거짓말을 하고 그래?"

에이밀 선생님을 지나치며 준희가 소곤거렸다.

"어차피 기억 못해. 매번 물어보잖아."

내 말에 준희도 곧 수긍했다.

잔디밭에서 월요일 아침 조회가 시작됐다. 교장 선생님이 훈화를 하고 교가와 국가가 이어지는 동안에도 나는 에이밀 선생님의 말을 떠올렸다. 너희는 쌍둥이 같아,라는 말. 준희의 옆모습을 유심히 보았다. 그러고 보니 어딘지 모르게 나와 닮은 구석이 있는 것도 같았다.

필리핀에 온 뒤로 나는 항상 준희와 붙어 다녔다. 외국인 반은 한 학년에 한 반이었기 때문에 우리는 학교에서도 늘 함께 지냈다. 다른 친구들과 칸틴에 가더라도 꼭 준희를 돌아보았다.

"같이 갈래?"

내가 물으면 당연히 준희도 따라나섰다. 쉬는 시간에 칸틴으로 가서 한국 라면을 먹는 일이 우리에게는 큰 즐거움 중의 하나였다.

"아무튼, 학교에서 제일 중요한 곳은 바로 매점이야."

우리의 말에 다른 나라 친구들까지 맞장구를 쳤다. 누군가가 한국 학교에도 칸틴이 있냐고 물었고, 나는 한국의 칸틴은 없는 게 없다며 약간의 과장을 덧붙였다. 내가 말하는 동안 준희는 연신 키득거리며 라면을 먹었다.

우리는 쌍둥이가 아니라 그림자처럼 함께 다녔다. 내가 가면 준희도 가고, 준희가 가면 나도 갔다. 내가 하지 않는 일은 준희도 하지 않았다. 혼자가 아닌 둘이라는 사실은 걱정과 두려움을 반으로 덜어주었다. 하지만 가끔은 준희의 생각이 나와 다른 곳을 향하고 있다는 걸 느낄 때가 있었다.

수업이 시작되기 직전에 같은 반인 인도네시아 아이가 우리에게 다가왔다.

"루시, 리사! 올해 뮤직 데이 공연은 「맘마미아」로 결정됐어. 너희도 할 거지?"

'현대 할리우드 뮤지컬'이라는 주제를 두고 여러 작품이 후보로 올라왔는데 「맘마미아」로 결정된 모양이었다. 참가 인원을 알아보고 오디션을 본 다음 배역을 나누어야 연습에 들어갈 수 있었다. 인도네시아 아이가 대답을 기다렸다.

"응."

"아니."

나와 준희는 각자 다른 의사를 꺼내놓았다. 준희는 표정으로 싫다고 말하고 있었지만 나는 확실히 대답했다. 어떤 역할이 되든 꼭 할 거라고. 음악을 듣고, 노래하고, 춤을 추고, 다른 사람이 되는 일. 나에게는 학교와 어학원, 공부와 과제를 벗어난 무언가가 필요했다. 준희의 그림자로 견디기에는 남은 시간이 까마득했으니까.

6

방을 옮기고 나서 조금 나아졌으나 여전히 우리에게 밤은 그리움이었다. 그럴 때마다 우리는 한국에서의 일들을 떠올렸다. 신기한 건 준희와 내가 생활하던 반경이 많은 부분 겹쳤다는 사실이다. 필리핀에 오기 전까지 서로의 존재도 모르던 우리가 알고 보니 꽤 가까운 사이였던 것이다. 같은 날, 같은 장소로 현장 학습이나 소풍을 간 적이 있는가 하면 내가 다니는 학원에 준희가 등록을 하려다 말았다는, 그런 이야기들이었다. 원장은 엄마의 고객이었고 준희의 부모님은 원장 부부와 같은 교회에 다녔다. 따지고 보면 필리핀에서 만난 것도 우연은 아닌 셈이다.

"우리도 모르는 사이에 스쳐 지나갔을 수도 있겠다."

농담처럼 던진 말이지만 나는 분명 그럴 거라고 믿었다. 처음 준희를 만났을 때의 느낌을 기억하고 있다. 어딘가 낯익은 얼굴.

기억력이 그리 좋은 편이 아님에도 내게는 사람들의 얼굴이 자연스럽게 각인되었다. 복도에서 마주치는 아이들이나 전철 안에서 맞은편에 앉은 사람들까지. 모두 다른 곳을 보고 있는 동안 나는 그들을 보았다. 간혹 그들도 나를 알고 있을지 모른다고 생각했지만 실제로 그런 적은 거의 없었다. 얼굴이 익숙해 아무렇지 않게 말을 걸었다가 이상한 아이로 오해받은 적도 있었다.

창가에 앉아 밤바람을 맞았다. 가까운 곳에서 시작된 인연이 아주 먼 곳까지 이어졌다는 신기한 사실을 떠올리면서. 개 짖는 소리와 도마뱀 소리가 번갈아 들리는 것 말고는 조용한 밤이었다.

"아무리 찾아도 없어."

준희의 말에 정신이 들었다. 걱정스러운 얼굴로 준희는 옷가지를 흔들어 털었다.

"내일 시험인데 어떡하지?"

중요한 시험 때마다 쓰는 펜이 없어졌다며 준희는 불안하게 물건들을 뒤적였다. 아끼는 거라면서 내게도 보여준 적이 있었다. 은색 빛이 나는 평범한 펜이었지만 준희는 거기에 큰 의미를 부여했다. 친구에게 받은 선물인데 그 펜을 썼을 때는 항상 시험 결과가 잘 나왔다는 것이다. 가지고 있어야 마음이 놓이는 부적 같은 물건이라고 했다.

나도 준희를 도와 방 안을 샅샅이 찾았지만 은색의 물건은 어디에서도 나오지 않았다.

"아무래도 방 옮기면서 두고 온 거 같아."

준희가 손가락을 뻗어 본관 쪽을 가리켰다. 다음 날 찾아보자고 해도 당장 찾아야 한다며 보채서, 나는 마지못해 준희를 따라 일어섰다.

조심스럽게 현관문을 열고 안을 살폈다. 거실의 불이 켜져 있을 뿐 원장 부부가 있는 2층을 비롯해 본관은 조용했다. 내가 먼저 들어가고 망고를 안은 준희가 따라 들어왔다.

계단 앞에 이르러 우리는 잠시 숨을 가다듬었다. 지하로 향하는 길은 어두웠다. 망고를 안은 준희가 계단을 내려갔고 내가 뒤를 따랐다. 준희가 망고를 데리고 들어오는 걸 적극적으로 말리지 않은 게 후회되었다. 지하 방에 물건을 찾으러 온 거야 상관없지만 망고를 데리고 들어온 걸 원장 부부에게 들키면 난리가 날 게 분명했다. 망고 때문에 우리의 행동은 더 조심스러웠다.

지하에는 다시 갈 일이 없을 줄 알았다. 이유가 어떠하든 내려가고 싶지 않았고 그건 준희도 마찬가지였을 것이다. 우리끼리 내려가는 건 무섭다면서 준희는 굳이 망고를 데리고 들어왔다.

"망고가 더 무서워."

내 말에도 준희는 아랑곳하지 않았다. 어둠 속에서 희번덕거리는 날카로운 눈. 고양이의 눈을 마주 보는 건 내게 그리 기분 좋은 일이 아니었다.

"빨리 찾아."

방문을 닫자마자 내가 재촉했고 망고를 내려놓은 준희가 서랍을 뒤지기 시작했다. 준희가 책상의 서랍과 침대 밑을 살피는 사이 망고는 가볍게 뛰어 침대 위에 올라가 몸을 웅크리고 앉았다.

지하 방을 지키고 있는 것은 여전히 어둠과 고요였다. 짧은 시간이 길게 느껴졌다. 처음 이곳에 온 이후로 얼마의 시간이 지났는지 가늠해보았다. 필리핀에 온 뒤로 나는 시간 감각이 무뎌졌다. 내 시계는 아주 느리게 흘렀다.

갑자기 엄마 아빠 생각이 났다. 나를 여기에 보내고 엄마 아빠는 어떻게 지내고 있을까. 요즘도 은행 일이 바쁠까. 엄마 아빠도 내가 그리울까.

한국의 친구들도 떠올랐다. SNS에 올라온 사진을 볼 때마다 나도 모르게 입가에 웃음이 번졌다. 친구들의 목소리, 웃음소리가 바로 옆에서 들리는 것 같았다. 여름방학이지만 보충수업과 학원 때문에 방학 같지도 않다고 유미는 푸념을 늘어놓았다.

진아, 부럽다.

끝에는 항상 같은 말이 따라왔다. 그럴 때면 오히려 한국의 친구들이 부러운 마음이 생겼지만 유미는 내 말을 안 믿었다. 부러우면 한국에 돌아오면 되지 않느냐는 유미의 말에 대답할 수 없었다.

"벌레도 싫고, 아침마다 눅눅하고 냄새나는 옷 입는 것도 싫어. 식당에서 식판에 밥 먹는 것도, 학교에서 애들이 각자 자기네 나라 말 하는 것도, 아테가 싸주는 도시락도 다 싫어. 도시락 뚜껑 열 때마다 내가 불쌍해지는 것 같아."

준희는 아직도 필리핀에 적응이 안 된다면서 종종 앓는 소리를 늘어놓았다.

밥과 김치와 눅눅한 너깃이 뒤섞인 도시락. 식당과 매점에 자리가 없어서 우리는 거의 야외 그늘에 나와 밥을 먹었다. 운동장 가득 들어찬 햇살이 따사로워 기분이 좋다가도 갑자기 비라도 쏟아지면 기분은 금방 꺼져 내려갔다. 비를 피하기 위해 아이들이 한곳으로 모여들면 입맛이 가셔 먹던 도시락은 서둘러 덮어두었다. 그런 날은 오후 내내 우울하게 보냈다.

나는 그런 느낌을 표현하지 않았다. 내가 말하기 전에 준희가 먼저 불평을 꺼냈고 준희의 말을 듣고 있으면 괜히 언짢아져 되레 나는 준희에게 짜증을 부렸다.

"이제 적응할 때도 되지 않았어?"

내가 말하면 준희는 풀이 죽어 고개를 숙이고는 했다.

"아무 데도 없어. 내일 시험 망치면 어쩌지? 앞으로는 또 어떡하고."

서둘러 방을 나가고 싶은 나와 달리 준희는 자리를 뜰 생각을 하지 않았다. 처음처럼 다시 서랍을 열고 침대 밑을 살폈다. 쓸데없는 징크스라고 말하려다가 그만두었다.

텅 빈 방 안에서 떨어진 물건이 있다면 금방 눈에 띌 것이다. 마침내 준희도 찾는 걸 포기했는지 잔뜩 기운이 빠져 망고를 안아 올렸다.

"나중에 아테한테 물어보자."

준희를 달래며 내가 막 문을 열려고 했을 때였다. 위층에서 인기척이 났다. 나는 문을 열려던 손을 멈추었고 준희는 얼른 방의 스위치를 내려 불을 껐다. 마침 망고가 짧게 울었다. 나와 준희가 망고의 입을 막았는데, 망고가 놀랐는지 준희의 품에서 빠져나가며 나를 스치고 바닥으로 내려앉았다.

"아!"

내가 지른 짧은 비명 소리와 망고가 바닥을 걷는 소리가 동시에 들렸다.

"진아, 왜?"

어둠 속에서 준희가 망고를 품 안에 넣는 기척이 느껴졌다.

"망고가 손등을 할퀴었어."

"괜찮아. 금방 아물어."

망고 때문에 생긴 상처라면 준희에게는 일상이었다. 나는 한 손으로 망고가 할퀸 손등을 감쌌다.

위층에서 두런거리는 소리가 들렸다. 원장 부부가 아닐지도 모르지만 지금 망고를 안고 나갈 수는 없었다. 나는 벽에 기댄 채로 밖이 조용해지기를 기다렸다.

"이 방은 끝까지 우리를 힘들게 하네."

준희가 말하더니 침대에 앉았다.

"굳이 지금 오자고 한 건 너잖아."

"그래도…… 생각해보면 여기가 좋은 점도 있었어."

"뭐가?"

"이 방에서 우리가 가까워졌으니까."

준희의 말에 나는 힘없이 웃었다. 그러고는 잠시 침묵이 흘렀다. 망고가 바스락거리는 소리만이 정적을 깼다.

"견딜 만해?"

준희가 갑자기 물어왔다.

"그럭저럭. 외국인 친구도 생기고, 야자나 자율학습 안 해도 되고. 너만큼은 아니지만 영어도 늘고."

나는 최대한 좋은 것들을 생각하려 했지만 말하면서도 확신은 서지 않았다. 정말 나은 선택이었을까. 아무것도 보이지 않아서인지 마음이 약해지는 기분이 들었다. 준희도 그런 것 같았다. 가라앉은 음성으로 속마음을 내비쳤다.

"한국을 벗어나면 더 선명해질 줄 알았어, 내 앞날이. 그런데 지금은 잘 모르겠어. 한국에 가서 수능 볼 자신은 없고 필리핀에서 대학까지 다닐 걸 생각하니 까마득해."

"힘들어할 거면서 왜 여기까지 왔어?"

"거기서는 더 힘들었으니까."

준희가 말할 때에 망고가 작게 그르릉 소리를 냈다.

아무도 이준희 근처에는 가지 않았대. 친한 친구도 모른 척하더니 결국 자기가 혼자가 된 거지.

소영이의 말이 떠올랐다. 믿기 어려웠지만 소영이가 일부러 준희를 헐뜯을 이유도 없었다. 친한 친구도 외면했던 아이, 그게 진짜 준희의 모습이었을까.

"여기 오면서 결심한 게 있어. 예전처럼 아무것도 못하는 내가 아니라…… 뭐든 잘해내는 내가 되자고. 씩씩하고 당당하게."

준희의 숨소리가 크게 들렸다.

"그걸 잊고 있었는데 이 방에 와서 기억난 거야. 내려오길 잘했어."

준희가 앉아 있을 자리를 향해 나는 쓴웃음을 지었다. 우리 사이에 어둠이 있어 다행이라고 생각했다. 적어도 마음대로 표정을 지을 수 있으니까. 나에게 지하 방은 예전이나 지금이나 벗어나고 싶은 공간일 뿐이었다. 나 대신 망고가 작은 소리로 대답했다.

밖이 조용해진 걸 확인하고 나서 우리는 1층으로 올라왔다. 내가 2층을 살피는 동안 준희는 망고를 정원으로 돌려보냈다.

본관에 들어온 김에 엄마에게 전화를 걸었다. 버튼을 누르는 손등 위로 빨간 상처가 길게 이어져 있었다.

전화기 너머 엄마의 목소리는 바로 옆에 있는 것처럼 가깝게 들렸다. 엄마는 몇 가지 형식적인 질문을 던졌고 나는 짧게 대답했다. 엄마는 나에 관한 대부분의 일들을 알고 있었다. 부원장이 우리의 스케줄이나 사진을 어학원 홈페이지에 올렸고, 전화나 메일을 통해 수시로 내 상태를 알려주었기 때문에 엄마는 타가이타이에서의 내 생활을 잘 알고 있는 걸로 여겼다. 조심하라는 당부를 남기고 엄마는 전화를 끊었다. 내가 있는 곳은 필리핀 안에서도 다른 세계였다. 화산 안에 또 하나의 화산이 있는 것처럼, 우리는 철저하게 차단되었고 보호받고 있다고 엄마는 믿었다.

준희가 통화를 하는 동안 나는 본관 거실을 둘러보았다. 무료 통화가 되는 전화를 이용할 때를 빼고는 본관에 들어올 일이 거의 없었다. 1층에는 주방과 거실을 중심으로 유학생들을 위한 침실이 몇 개 더 있지만 지금은 모두 비어 있었다. 지하로 통하는 계단을 내려다보았다. 준희에게는 좋은 기억이 있을지 몰라도 나는 달랐다. 더는 내려가고 싶지 않은 곳, 떠올리고 싶지 않은 시간. 다시는 지하 계단을 내려가지 않을 작정이었다.

"그럼 어쩌라고?"

통화를 하던 준희의 목소리에 짜증이 묻어났다.

"부원장한테 뭐라고 할 건데?"

나를 의식했는지 준희는 아까보다 목소리를 낮췄다. 나는 일부러 조금 떨어진 곳으로 자리를 옮겼고 준희의 말은 이제 작은 웅얼거림으로 들렸다. 마침 부원장이 내려왔다.

"너희는 여전히 붙어 다니는구나."

부원장은 다행히 우리가 망고를 데리고 들어왔던 일은 눈치채지 못했다. 부원장의 목소리에 준희는 서둘러 전화를 끊었다. 우리가 하는 얘기까지 귀를 세우고 듣는 것 같아 우리는 원장이나 부원장 앞에서 말을 아꼈다. 인사를 하고 나가려는데 부원장이 준희를 불렀다.

"진이는 먼저 건너가고."

신발을 신고 나오면서 뒤를 돌아봤다. 부원장 앞에서 준희는 주눅이 든 것처럼 잔뜩 어깨를 움츠렸다.

7

"원, 투, 스리……"

내가 시범을 보인 뒤에 준희가 하나씩 동작을 해보았지만 어딘지 자세가 어색했다. 스텝에 집중하다 보면 팔이 안 맞고 팔을 신경 쓰면 스텝이 꼬였다. 나는 풋 웃고 말았다.

"어휴, 정말! 춤은 안 되겠다."

준희는 가볍게 발을 구르며 나를 따라 나무 그늘 아래로 들어왔다. 점심을 먹은 뒤에 우리는 뮤직 데이에 선보일 「맘마미아」 공연 연습을 하고 있었다. 준희를 설득해서 같이 공연에 참여하기로 했다. 둘 다 '소피'의 친구로 비중 있는 역할은 아니었지만, 서른 명 정도가 함께 춤을 맞춰야 해서 시간이 날 때마다 안무를 외우는 중이었다.

"자리를 바꿔서라도 맨 뒤에 서야겠어."

준희가 말하면서 안무를 떠올리는지 눈동자를 굴리며 팔 동작을 익혔다.

"루시! 리사!"

'도나' 역을 맡은 제니퍼와 음악을 담당한 안젤라가 우리에게 다가왔다. 제니퍼는 필리핀 아이지만 피부가 하얀 데다 이목구비가 뚜렷하고 예뻐 눈에 띄었다. 타가이타이에서 제법 사는 집 아이라는 소문이 파다했다. 성격도 스스럼없어 우리와도 가깝게 지냈다. 안젤라는 제니퍼 덕에 친해졌는데 고양이를 기른다는 말에 준희가 더욱 관심을 보였다.

"망고는 잘 있지?"

안젤라도 준희의 고양이를 궁금해했다. 둘은 만나자마자 서로의 고양이 얘기로 안부를 나누었다.

제니퍼는 공연 연습이 잘되어가는지 물었다. 준희와 내가 동시에 앓는 소리를 내자 제니퍼와 안젤라가 깔깔거리며 웃었다.

점심시간은 한가하고 여유로웠다. 그늘 아래에서 아이들은 도시락을 먹거나 낮잠을 잤고 책을 보았다. 내가 나직이 「댄싱 퀸」을 부르기 시작하자 제니퍼는 바로 일어서서 연습한 춤을 선보였다. 일부러 과장된 동작으로 춤을 추는 제니퍼 때문에 우리는 웃음을 터뜨렸다. 주변 아이들의 시선이 자연스럽게 따라왔다. 공연을 하기로 한 건 잘한 결정이었다. 타가이타이에 오고 나서 이렇게 큰 소리로 웃은 적은 처음이었다.

여기가 필리핀이라는 사실마저 잊었다. 준희도 그럴 거라 나는 지레 짐작했다. 준희가 부적처럼 지닌다던 펜은 결국 못 찾았지만 준희는 시험을 잘 보았다.

"그것 봐. 괜한 징크스라니까."

내 말에도 준희는 미련을 두었다.

"그게 있었더라면 더 잘 봤을 텐데."

준희에게 나는 해줄 말이 없었다. 함께 춤을 추고 노래하는 걸로 대신 위로하고 위로받았다.

우스꽝스러운 춤을 멈춘 제니퍼가 우리 곁으로 와서 나란히 앉았다. 나를 따라 준희와 제니퍼, 안젤라까지 「댄싱 퀸」을 불렀다. 리듬에 저절로 몸이 들썩였다. 조금씩 목소리를 높이자 그늘에서 쉬고 있던 다른 아이들도 어느덧 노래를 시작했다. 생애 최고의 순간, 젊고 달콤한 열일곱 살의 댄싱 퀸.

'아바'의 노래가 연달아 이어졌다. 덥고 못사는 나라의 사람들. 나도 모르는 사이에 그들의 흥에 익숙해지고 있었다. 덥고 못살지만 흥을 즐길 줄 아는 사람들. 처음에는 미처 보지 못했던 것들이 보였다.

점심시간이 끝나가면서 제니퍼와 안젤라가 먼저 자리에서 일어섰다. 수업이 끝나면 다 함께 노래와 춤을 맞춰보기로 약속하고 우리는 교실로 들어갔다.

가정 수업으로 오후가 시작되었다. 준희와 내가 싫어하는 수업 중 하나였다. 평소라면 열 번도 넘게 투덜거렸을 텐데 둘 다 묵묵히 에이밀 선생님을 따라 테이블 데커레이션을 했다.

"차라리 기술 수업을 듣는 게 낫겠어."

냅킨을 접으며 준희가 말했지만 여느 때처럼 불만스러운 말투가 아니라 습관적인 투정처럼 들렸다.

"리사!"

에이밀 선생님의 말에 나는 움직이던 손을 멈추었다. 에이밀 선생님은 반대로 알려준 이름을 기억하고 나를 리사라고 불렀다. 겨우 우리 이름과 얼굴을 익혔는데 하필 그게 거짓말로 알려준 이름이라니. 난처했지만 이제 와서 나는 리사가 아닌 루시라고 말할 수 없었다. 더군다나 선생님은 나를 내려다보며 오늘은 기분이 좋아 보인다는 말까지 하면서 지나갔다. 준희를 보고 웃어주는 것도 잊지 않았다.

"지금이라도 말해야 되는 거 아니야?"

준희가 속닥거렸다. 나는 에이밀 선생님의 배를 가리켰다. 아직 티는 나지 않았어도 에이밀 선생님이 임신을 했다는 소문이 퍼졌다.

"거짓말은 태교에 안 좋아. 출산 휴가 지나고 나면 우리 이름이 아니라 얼굴도 잊어버릴 거야."

"과제를 내거나 시험 볼 때 알게 될 텐데."

"다시 얘기하면 되지. 선생님이 착각하신 거다,라고. 그때까지 기억을 한다면."

내가 대수롭지 않게 말하자 준희는 피식 웃고는 냅킨을 마저 접었다. 내 입에서는 여전히 '아바'의 노래가 맴돌았다. 한적한 마을과 바닷가가 그려졌다. 결혼식을 열며 흥에 겨운 마을 사람들을 떠올리자 덩달아 신이 났다. 준희에게 농담을 건넬 수 있을 정도로 오랜만에 마음이 가벼웠다.

모처럼 기분 좋은 하루를 보낸 그날 저녁에 현아가 왔다. 학교에서 돌아왔을 때 입구에 목사님 차가 세워진 걸 보고 현아라는 아이가 왔다는 걸 알았다. 대부분의 장기 유학생들은 별관 기숙사에서 지냈지만 현아는 본관 기숙사, 그것도 원장과 부원장의 옆방을 쓴다는 얘기가 들려왔다.

"우리 사이에 누가 끼는 건 싫은데. 더군다나 문제가 있는 애라면……"

준희는 현아가 어떤 아이인지 궁금해하면서도 걱정스러워했다. 그때까지 내가 지켜본 준희는 누구와도 원만하게 지냈다. 나에게 먼저 다가왔고 선생님들에게도 구김 없이 굴었다. 나는 준희가 괜한 걱정을 하는 거라고 여겼다.

현아와 마주친 건 저녁 식사 시간, 식당에 들어서면서였다. 문을 열자 웃음소리가 식당 밖까지 퍼졌다. 식당으로 들어서던 나와 준희는 낯선 얼굴을 발견하고 멈춰 섰다. 나 스스로도 느껴질 만큼 당황스러움이 내 얼굴에 번졌다. 현아는 매니저들과 같은 테이블에 앉아 있었는데, 우리가 들어서자 민우 선생님이 손을 흔들었고 현아도 흘끗 우리 쪽을 보았다.

짙은 피부와 커다란 눈이 우리를 향했다. 한눈에 보아도 우리와 다른 외모. 현아를 만나기 전까지 했던 모든 상상이 한꺼번에 무너졌다.

식판에 음식을 받아서 준희와 나는 조금 구석진 자리에 앉았다.

"말도 안 돼."

자리에 앉자마자 준희가 한 말이었다. 그러고는 어이가 없는지 연신 헛웃음을 쳤다.

"필리핀 애잖아? 근데 왜 여기 있는 거야?"

준희가 잔뜩 목소리를 낮춰 말했다. 전혀 예상하지 못한 상황이라 나도 할 말을 잃었다. 이름만 듣고 당연히 한국 아이인 줄 알았다. 아니, 현아는 분명 한국인일 것이다. 반은 필리핀 사람의 피가 흐르는 한국인.

멀찍이 떨어진 테이블에서 현아의 말소리와 웃음소리가 간간이 들렸다. 현아는 생김새나 표정 모두가 건강해 보였다. 예쁜 얼굴은 아니었지만 밝고 쾌활한 인상이었다. 호탕하게 웃고, 스스럼없이 말하고, 불편함이 없는 표정에서는 여유까지 느껴졌다.

밥을 다 먹고 나서 식판을 치우려고 일어났을 때 현아가 우리에게 다가왔다.

"이따가 방에 놀러 갈게."

현아는 친한 친구에게 하듯 우리를 대했다. 그러고는 준희와 내가 대답하기 전에 조금 뒤에 보자,라는 말을 남기고 먼저 식당을 나갔다.

준희는 좀 황당해하며 현아의 뒷모습을 흘겼다. 당당하고 자신감 있는 현아의 모습이 얼떨떨할 정도였다. 한국인이면서 필리핀 사람인, 그러면서도 어딘가 타가이타이와 어울리지 않는 느낌이

들었다.

약속대로 현아는 그날 밤에 우리 방의 문을 두드렸다. 평소처럼 나는 음악을 들었고 준희는 학교 과제를 하던 중이었다. 놀러 온다던 현아의 말이 신경 쓰여 나는 자꾸 시간을 확인하고 있었다. 노크 소리가 났을 때 바로 일어나 문을 열었고 준희는 앉은자리에서 현아가 들어오는 모습을 지켜봤다.

"나, 박현아. 알지?"

현아는 이번에도 우리가 대답을 하기 전에 성큼 방 안으로 들어섰다.

8

방 안을 둘러보던 현아는 비어 있는 침대 위에 걸터앉았다. 준희는 살짝 얼굴을 찌푸리면서 나에게 눈짓을 했는데, 적당한 핑계를 대서 현아를 빨리 방에서 내보내자는 의미 같았다. 상대방의 의견은 아랑곳없이 멋대로 행동하는 게 마음에 들지 않았지만, 그렇다고 현아를 내보낼 핑계도 없었다. 오히려 궁금한 생각이 들었다. 나는 현아의 맞은편 침대에 앉았다.

"우리, 교회에서 만난 적 있는데 기억나?"

현아의 말에 나는 조금 당황했다. 나는 늘 사람들을 눈여겨보았지만 다른 사람들은 아니었다. 더군다나 현아와 눈이 마주친 적도 없었는데 우리를 알고 있을 줄은 몰랐다.

교회에서 현아를 몇 번 본 건 사실이었다. 일요일 오전은 우리에게 선택의 여지가 없는 시간이었다.

"종교의 자유를 달라."

나는 항상 같은 기도를 했고 그럴 때마다 준희는 소리 죽여 웃었다. 예배가 끝나면 자유 시간이 주어졌기 때문에 우리는 그 시간을 기다렸다. 죄수에게 주어지는 짧은 휴가 같은 외출. 쇼핑센터를 돌아다니면서 사람들을 구경하고 한국 음식점으로 달려가 일주일간의 그리움을 채웠다.

달콤한 자유 시간에 앞선 예배는 길고 지루했다. 설교가 이어지는 내내 나는 멍하게 있거나 창 너머의 햇살을 구경하면서 시간을 때웠다. 기도 시간에는 눈을 감았다가 슬그머니 고개를 들어 주변을 살폈다. 중얼중얼 기도에 열중한 사람들 틈에서 눈을 뜨고 있는 아이가 내 시야에 들어왔다. 처음에는 아이의 생김새 때문에 시선이 갔다가 나중에는 아이의 알 수 없는 표정에 이끌려 여러 번 훔쳐보았다. 다른 생각에 빠진 것도 같고 기도하는 사람들을 향해 비웃음을 날리는 것도 같은 얼굴이었다. 예배가 끝날 때까지 한 번도 눈을 감고 기도하지 않던 아이. 그 아이가 현아일 줄은 상상도 못했다.

"누가 한국인이야? 엄마랑 아빠 중에."

준희의 직설적인 물음에 현아는 아무렇지 않게 아빠,라고 대답했다.

"말했잖아. 난 박현아라고."

현아는 침대에 엎드리더니 이어폰을 빼서 내가 듣고 있던 음악을 재생시켰다. 나와 준희가 빠져 있는 아이돌 그룹의 노래가 흘러나왔다. 빠른 리듬과 랩이 이어지자 현아는 고개를 까딱거리면서 리듬을 탔다.

"근데 왜 여기서 지내?"

준희가 묻자 현아의 눈동자가 생각에 빠진 듯이 허공에 머물렀다. 잠시 뒤에 현아가 준희를 올려다보고 물었다.

"난 여기 있으면 안 돼?"

"필리핀 사람이 굳이 한국인이 하는 어학원에 있을 필요가 없잖아. 우리는 여기가 집이나 마찬가지지만."

준희가 '필리핀 사람'이라고 말할 때 현아의 미간이 살짝 움직였다.

"난 엄마 아빠 모두 한국에 계셔. 나도 한국에서 태어났고 한국에서 중학교를 다니다가 유학 온 거야. 너희랑 똑같이."

준희가 여전히 알 수 없다는 얼굴을 지어서인지 현아는 음악을 들으면서 제 이야기를 꺼냈다.

현아의 아빠는 일 때문에 필리핀에 왔다가 엄마를 만났고, 한국에 가서 결혼식을 올렸다고 했다. 외갓집이 필리핀에 있지만 교육 여건상 아빠와 친분이 있는 원장 부부의 어학원에서 지내게 됐다는 것이다.

"이제 됐지?"

현아의 말투와 눈빛에서 내가 읽은 건, 사람들에게서 비슷한 질문과 관심을 무수히 받아왔다는 사실이었다. 그때마다 현아는 앵무새처럼 같은 얘기를 꺼내놓았을 것이다. 그럼에도 풀리지 않는 사람들의 의문 섞인 시선과 연민 어린 눈길이 현아에게는 불편했을지 모른다. 지금도 충분히 그렇게 느껴졌다.

"학교에서는 한 번도 못 봤는데."

분위기를 바꿀 겸 내가 화제를 돌렸다.

"난 학교 안 다녀. 홈스쿨링하거든. 하루 종일 여기 갇혀 지내는 거지."

현아의 대답은 예상 밖이었다. 처음부터 현아는 우리와 조금씩 엇갈려 있었다.

"목사님 댁에는 왜 간 건데?"

준희가 묻자 현아는 피식 웃었다.

"청문회 해?"

현아의 말에 준희는 샐쭉한 표정을 지으며 입을 다물었다.

"이런 감옥 같은 데 가둬두고 열심히 공부만 하길 바란다는 게 말이 돼? 그게 가능해?"

현아가 우리에게 되물었지만 딱히 무슨 얘기를 듣고 싶어 하는 눈치는 아니었다.

현아는 한국을 떠난 지 3년이 넘었는데, 1년에 한 번은 한국에 가지만 이제는 어디에서 지내든 상관없다고 했다.

"필리핀이 더 편할 때도 있어. 한국에 가서 공항에 내려서면 벌써 숨이 막히거든. 계속 여기서 버틸까 생각 중이야."

내가 필리핀 공항에 처음 내렸을 때의 기분. 현아는 그런 감정을 한국에 가서 느끼는 걸까.

"말도 안 돼. 이런 데서 살겠다고?"

"여기가 왜?"

아무렇지 않게 뱉은 준희의 말을 현아는 껄끄럽게 받아들였다.

"얘는 아직 문화적 충격에서 못 벗어났거든."

내가 대충 농담으로 얼버무렸지만 현아는 웃지 않았다.

"우리보다 못산다고 우리보다 불행한 건 아니잖아."

현아의 말에 준희는 좀 어이없게 웃었다. 그 웃음은 내가 보기에도 충분히 비아냥거림으로 해석되었다.

"불행해도 불행한 줄 모르는 거지."

"불행한 걸 느끼지 못하면 행복한 거야."

"뭐가 행복이고 불행인지도 모르는데, 행복한 거라고?"

시끄러운 음악 사이로 둘의 대화가 어수선하게 섞였다.

"하긴. 넌 그렇게 생각할 수도 있겠다. 필리핀도 고향이나 마찬가지니까. 그래도 한국으로 가는 게 낫잖아. 코피노 중에 한국에 가고 싶어 하는 애들이 얼마나 많은데, 넌 행운인 거지."

준희의 말이 끝나자마자 현아는 음악을 중지시켰다. 일어나 앉는 현아의 표정은 아까와 다르게 굳어 있었다. 처음부터 둘의 대화는 어긋났고 뭔가 불안해 보였다. 나라도 무슨 말을 꺼내야 했지만 쉽게 말이 나오지 않았다. 할 수만 있다면 준희의 입에서 나온 '코피노'라는 말은 주워 담고 싶었다. 언어적 의미로는 나쁜 뜻이 아니더라도 사람들 인식에 자리 잡은 말의 의미를 현아도 충분히 알고 있을 것이다.

"효나! 효나!"

마침 아래층에서 현아를 찾는 아테의 목소리가 들렸다. 원장이 찾는다고 아테가 전하자 현아는 곧 가겠다고 소리를 질러 대답했다.

"영어 이름 없어?"

"이름은 하나면 충분해."

"외국인들은 발음이 어렵잖아."

"나도 영어 발음하는 거 어려워. 피차일반이라고."

준희와 현아가 입을 닫자 어색한 침묵이 흐르는가 싶더니 현아가 침대에서 일어섰다.

"가끔 놀러 와도 되지? 가뜩이나 인터넷도 느린 데다 본관은 와이파이도 잘 안 되거든."

현아는 들어올 때처럼 가벼운 투로 얘기하고 방을 나갔다. 1층의 현관문이 열리고 닫히는 소리까지 확인하고 나서야 준희는 툭 말을 뱉었다.

"자격지심에 절어 있어."

준희는 비웃음을 남기며 등을 돌리고 앉았다. 지나치게 현아를 경계하는 준희의 태도가 의아할 정도였다. 늘 사람들에게 친절하게 대하는 모습만 봐왔던 터라 준희의 행동이 내게는 익숙하지 않았다. 현아가 온전한 한국인이 아니기 때문인지, 현아의 태도가 마음에 들지 않아서인지 모르겠지만, 확실한 건 셋이 친하게 지내는 게 쉽지 않을 거라는 점이었다.

침대에 누워 이어폰을 귀에 꽂았다. 조금 전의 현아처럼 똑바로 누워 머리맡의 형광등을 바라보았다. 우기가 되면서 부쩍 곤충들이 늘어났다. 불을 끄면 형광등 주변에 몰려 있던 벌레들이 내 얼굴로 쏟아져 내릴 것 같았다. 밤에는 벌레 때문에 창문을 열지 못해 방 안은 습기로 눅눅했다.

한국의 바람이 그리웠다. 여름에 부는 더운 바람과 낙엽 질 때 부는 시원한 바람. 눈이 내리면 몸을 웅크리게 만드는 찬바람도, 봄 햇살과 함께 오는 따뜻한 바람도. 타가이타이에서도 바람이 불었다. 때로는 덥고 습한 바람이, 때로는 서늘한 바람이. 바람은 흘러가고 이어진다. 필리핀을 지나간 바람이 한국에 가 닿을지 모른다. 나를 스쳐 간 바람도, 내게 온 바람도.

이불을 끌어다가 덮었다. 분명 다른 날보다 괜찮은 하루를 보냈다. 노래하고 춤추고 웃고 농담도 주고받았다. 그런데 현아를 만나고 나서 마음이 가라앉았다. 시간이 흐르면 현아처럼 필리핀의 모든 것들이 아무렇지 않게 다가올까. 한국과 필리핀의 경계가 사라지고 어딜 가도 상관없다고 느낄 만큼 무뎌질까. 조금씩 적응해 간다고 생각했는데 이유도 모르게 서늘한 기분이 느껴졌다. 나는 이불 속에서 더 움츠러들었다.

9

이른 저녁을 먹고 방으로 돌아온 뒤에 나는 깜빡 잠이 들었다. 귓가의 음악이 끊겼다 이어지기를 반복하다가 서서히 꿈속으로 빨려 들어갔다.

어디인지 정확하지 않았다. 어학원의 정원인 것도 같고, 서울의 어느 공원인 것도 같았다. 아니면 타알 호수였던가. 민우 선생님이 곁에 있었다. 우리는 마치 연인처럼 손을 잡고 걸었다. 민우 선생님이 다정한 목소리로 내게 속삭였고 나는 환하게 웃었다.

준희의 움직임 소리에 잠이 깼을 때 행복했던 시간이 꿈이었다는 걸 깨달았다. 책상 앞에 앉은 준희의 등이 희미하게 보였다. 머리 위로 돌아가는 선풍기 아래에서 펜을 잡은 손을 열심히 움직이는 준희의 모습이 꿈의 여운마저 몰아냈다.

"자넷 샘이랑 진짜 사귀는 건 아니겠지? 하필 필리피노야."

민우 선생님이 다른 사람에게 관심을 갖는 게 싫다는 건지, 상대가 필리핀 사람이라는 게 싫다는 건지 준희의 말은 애매했다. 민우 선생님에 대한 준희의 관심은 전보다 덜했는데, 그럼에도 준희는 민우 선생님과 자넷 선생님의 사이는 인정할 수 없다는 눈치였다.

"자넷 샘, 좋다면서."

"샘으로 나쁘지 않다는 거지. 공부 끝내고 돌아가면 필리핀은 절대 안 올 거야."

필리핀을 받아들이지 못하는 것처럼, 준희는 필리핀 사람들 또한 마찬가지로 여겼다. 타가이타이에 있는 동안 준희는 필리핀과 점점 멀어지고 있었다.

준희는 공부에만 열중했다. 1학기 시험에서 좋은 성적을 받고 나자 2학기 시험은 더 욕심을 냈다. 대학을 어디로 가야 할지 결정을 못했기 때문에 수능도 염두에 두고 있었다.

기숙사와 강의실을 다 뒤져도 부적처럼 지녔던 준희의 펜은 끝내 나오지 않았다. 준희는 펜을 찾는 걸 포기하지 않았지만 설령 찾지 못하더라도 달라지는 일은 없을 것이다. 문제는 펜이 아니었으니까.

글씨를 쓰는 준희의 손이 빨라졌다. 나는 눈을 감고 꿈이 이어지기를 바랐다. 다시 잠이 드는가 싶었지만 행복한 꿈속으로 들어가지 못하고 금세 깨어났다.

"뭐 해?"

방문이 열리면서 현아의 목소리가 들렸다.

"진아!"

현아가 침대로 와서 나를 흔들어 깨웠다. 어차피 꿈도 다 날아가서 부스스 일어나 앉았다. 꿈의 여운으로 가슴 한편이 허전했다.

그건 어떤 기분일까. 좋아하는 사람과 마주 본다는 건. 그 사람의 얼굴을 보고 웃을 수 있다는 건. 중학교 때 선배를 혼자 좋아한 적도 있고 같은 학원에 다닌 아이와 잠깐 사귀기는 했어도 그때는 이런 마음이 들지 않았다. 혼자 설레고 꿈꾸고 행복해한 적은 처음이었다. 여기가 필리핀이기 때문일지도 모른다. 내가 민우 선생님을 좋아하게 된 이유가.

"답답한데 나갈래?"

현아가 엄지손가락으로 창밖을 가리켰다. 어둠이 내리기 직전의 하늘이 푸르스름했다. 정원에서 바람이라도 쐬자는 뜻인 줄 알고 나는 고개를 저었다. 꿈의 느낌을 조금이라도 더 간직하고 싶었다.

"나가자. 원장이랑 부원장도 외출 중이야."

현아가 씩 웃어 보였고 그제야 나가자는 곳이 정원이 아닌 감옥 밖의 세상이라는 걸 알았다.

"원장 알면 어쩌려고 그래?"

준희가 펄쩍 뛰었다.

"아까 통화하는 거 들었는데 중요한 일이라도 생긴 모양이야.

금방 들어오지는 못할 분위기였어. 엄청 급하게 나갔거든."

"그럼 더 안 되지. 게다가 위험한데 우리끼리 어떻게 나가?"

준희의 말에 현아가 소리 내서 웃었다.

"괜찮아. 안 위험해."

"넌 괜찮을지 모르지만 우리는 아니야. 필리핀에서 한국 사람은 완전 표적이라고."

현아의 얼굴빛이 순식간에 변했다.

"싫으면 안 가도 돼. 억지로 가자고 안 할 테니까."

현아가 잘라 말하고 이번에는 내 생각을 묻듯 나를 바라보았는데, 순간 나도 모르게 자리에서 일어섰다. 그럴 줄 알았다는 듯이 현아가 손바닥을 펼쳤고 나는 현아의 손을 마주 잡았다.

내가 옷을 챙겨 입는 동안 준희는 책상 앞에서 책을 펼쳤다 접으면서 안절부절못했다. 현아와 계단을 내려가 신발을 신을 때에야 준희가 뛰어 내려왔다. 내키지 않는 얼굴이었지만 결국 준희도 따라나섰다.

마침 매니저 방에서 나오던 자넷 선생님과 마주쳤다. 현아는 본관에 있는 자기 방에 있을 거라며 태연하게 둘러댔고 우리는 무사히 현관을 빠져나왔다.

정원을 가로지르는 동안 준희는 몸까지 움츠려 뒤를 돌아보았다. 쿠야들도 퇴근을 한 뒤라 입구에는 승합차가 나란히 세워져 있었다. 본관 앞에서 현아는 잠시 걸음을 멈추었다. 혹시라도 자넷 선생님이 우리를 보고 있을지 몰라 별관 기숙사 쪽을 주시했다. 저녁을 먹고 나서 자유 시간을 보내는 가장 한가한 때였다. 다행히 자넷 선생님이나 매니저들은 눈에 띄지 않았다.

본관 기숙사 계단에 앉아 있던 망고만이 우리를 보고 있었다. 앞발을 모으고 얌전히 앉아 아래를 내려다보는 모습이 우리의 행동을 감시하는 모양새였다. 준희를 발견하고 망고가 몸을 일으켜 계단 아래로 사뿐히 뛰어내렸다. 망고는 몸놀림이 가벼웠다. 느릿느릿 움직이다가도 어느 순간에는 폴짝 뛰어오르거나 미끄러지듯 아래로 내려왔다. 자기가 몸을 놀려야 하는 순간을 알고 있는 듯했다. 고양이에 대해 잘 모르지만 망고는 눈치가 빠른 고양이임이 틀림없었다. 망고는 나와 준희를 대하는 태도가 확연히 달랐다.

손등을 내려다보았다. 금방 아물 거라던 준희의 말과 달리 망고에게 긁힌 상처는 생각보다 오래갔다. 그리 큰 상처가 아니었는데 흉터까지 남았다. 자세히 보지 않으면 티가 나지 않아 나에게 생긴 상처를 준희는 알지 못했다. 어쩌면 준희에게는 망고가 남긴 흉터가 훨씬 많을지도 모른다.

준희는 망고를 쓰다듬을 새도 없이 걸었는데 망고는 기어이 철문 앞까지 우리를 따라왔다.

"비밀 지켜, 망고."

현아가 망고의 얼굴을 만져주며 말했다. 준희처럼 유별나지는 않았어도 망고를 아끼는 건 현아도 마찬가지였다. 준희는 현아의 손에서 망고를 빼내 정원 안쪽으로 돌려보냈다. 몇 걸음 걷는가 싶더니 망고는 제자리에 멈추었다.

내 키를 훌쩍 넘는 철문이 앞을 막아섰다. '열려라 참깨' 같은 주문이라도 외워야 할 것 같았다. 한 번도 이 문을 걸어서 나간 적이 없었다. 언제나 차를 타고 원장이나 부원장이 정한 목적지로 움직였다. 탈옥을 감행하는 파피용이나 보물을 훔쳐 달아나는 알리바바라도 된 기분이었다.

현아가 나무를 헤치고 담벼락 쪽으로 들어갔고 잠시 뒤에 덜컹 문이 열렸다. 어떤 주문도 필요 없이 문이 열리자 허탈하기까지 했다.

"들어올 때는 어떻게 해?"

준희가 묻자 현아가 손에 쥐고 있는 리모컨을 흔들었다. 순식간에 입구를 빠져나와 문을 닫았다. 혼자 남겨진 망고가 길게 울었다.

감옥을 탈출하는 일은 생각보다 쉬웠다. 한 번도 이곳을 빠져나갈 생각을 하지 못했다는 사실이 바보처럼 여겨질 정도였다. 행복한 꿈을 꾸었을 때처럼 가슴이 뛰었다. 하면 안 되는 일을 한 데서 오는 불안함과 처음 해보는 일에 대한 설렘이 뒤엉켰다. 꿈에서 헤어나지 못한 기분으로 나는 현아의 뒤를 따라갔다.

몇 미터를 걸어 내려와 우리는 트라이시클을 잡았다. 현아가 가격을 흥정하고 돈을 건네는 동안 준희는 불안하게 내 팔을 잡아당겼다.

"괜찮아. 멀리 안 가면 돼."

내가 말해도 준희는 주변을 두리번거리면서 괜히 따라 나왔다고 웅얼거렸다.

오토바이를 개조해서 만든 트라이시클의 좁은 뒷자리에 나와 준희가 엉덩이를 밀어 넣어 앉았고 현아는 운전자 뒤에 앉았다. 녹이 슬고 낡은 트라이시클이 출발하자 오토바이의 매연이 코를 찔렀다. 준희는 얼굴을 잔뜩 구기면서 코를 싸쥐었다. 매연이 지독해 처음에는 나도 코와 입을 손으로 막았다가 조금 달리고 나서는 손을 내렸다. 사정없이 머리칼이 날리고 엉켰지만 바람이 시원했다. 매연과 섞인 공기가 이상하게 상쾌한 느낌이 들었다.

"괜찮아?"

현아가 몸을 돌려 우리가 앉은 안쪽을 들여다보았다. 나는 두 손가락으로 동그라미를 만들었다. 웃긴 일이 없는데 웃음이 새어 나왔다. 이렇게 재미있는 걸 왜 지금까지 몰랐을까. 이런 바람을 왜 느껴보지 못했을까.

"넌 뭐가 그렇게 좋아?"

내 모습을 본 준희가 이해할 수 없다는 듯이 물었다. 좁은 자리 때문에 준희도 몸을 잔뜩 웅크리고 있었다.

"재밌잖아!"

내가 소리치자 현아가 아까처럼 뒤를 돌아 웃었다. 흩날리는 머리칼을 넘기며 밖을 보았다. 차를 타고 지나가면서 늘 봐왔던 모습이지만 그때보다 훨씬 가깝게 보였다. 웃통도 입지 않은 남자들이 지나갔다. 허름한 옷을 입고 뛰어가는 어린아이들, 낡은 가게에 앉아 이야기를 나누는 여자들과 좌판에 펼쳐진 과일들이 하나씩 눈에 들어왔다. 나무마다 연결된 줄에는 갖가지 색의 크리스마스 깃발들이 걸려 있었다.

크리스마스가 되려면 아직 멀었지만 거리는 벌써 크리스마스가 성큼 다가온 분위기였다. 상점 앞에 세워진 트리에는 탐스럽게 솜이 올려져 있었다. 진짜 눈이라면 1초도 안 되어 녹아버렸을 눈. 가을로 접어들면서 타가이타이는 기온이 제법 내려갔다. 여전히 높은 기온인데 쌀쌀하게 느껴지는 게 신기했다. 나도 모르는 사이에 적응이 되어가는 걸까. 흩날리는 깃발 아래 들뜬 사람들의 얼굴이 따뜻하게 다가왔다.

트라이시클을 타고 10분 정도를 달린 뒤에 우리는 목적지에서 내렸다. 로빈슨마켓을 중심으로 오락실, 식당 등이 모여 있어 어학원 근처에서는 가장 번화한 곳이었다. 건물과 상점 곳곳에서 크리스마스 장식을 한 조명들이 빛을 내고 있었다.

"기껏 나와봤자 갈 데가 없어, 여기는."

현아의 불만스러운 말에도 불구하고 나는 내가 서 있는 곳이 엄청나게 넓게 느껴졌다. 지나다니면서 자주 봤고 부원장을 따라 마트에 다녀간 적도 있을 만큼 새로울 게 없었지만 나는 처음 이곳에 온 사람처럼 굴었다.

음식점 주변과 기념품을 파는 가게를 구경하면서 돌아다닌 시간은 불과 몇 분이었다. 느린 걸음으로 걸었는데도 우리는 짧은 시간에 주변을 다 돌았다.

"이따가 보자. 나는 살 게 있거든."

현아를 기다리는 동안 준희와 나는 그늘진 곳에 자리를 잡고 앉았다. 찬 음료수를 마시자 제법 상쾌해졌다.

예배를 보고 난 뒤에 쇼핑몰을 돌아다닐 때와는 기분이 달랐다. 쇼핑몰에서 하는 일은 거의 정해져 있었다. 이른 저녁을 먹고 나서 밤이 되면 늘 출출했다. 그리움과 배고픔은 마치 필요충분조건처럼 함께 왔다. 그리움이 큰 날은 배가 고팠고 배가 고픈 날은 한국 생각이 더 많이 났다. 엄마가 해준 야식, 친구들과 먹었던 매점의 빵, 학교 앞 분식집의 떡볶이. 입맛을 다시다 보면 그리움이 허기지듯 몰려와서 잠들기조차 어려웠다.

주말이면 마트로 달려가 일주일치의 간식을 사는 게 우선이었다. 한국의 과자나 음료수부터 입에 맞는 필리핀 음식까지 닥치는 대로 카트에 담았다. 그러고는 한국 음식점에 가서 준희와 말도 안 꺼낼 정도로 먹는 데만 집중했다. 허기진 배를 채우는 일이 전부인 줄 알았다. 일주일에 한 번 반복되는 짧은 시간이 자유라고 생각했다.

나는 눈을 감고 크게 숨을 들이마시고 내쉬었다. 더운 기운에도 속이 트였다.

"저 아저씨, 좀 수상해. 아까부터 계속 우릴 흘끗거려."

준희의 말에 눈을 떴다. 과일 가게 앞에서 한 남자가 서성였다.

"너 공주병이지? 그냥 과일 고르고 있잖아."

현아가 킥킥 웃으며 우리에게 다가왔다. 남자는 과일 가게 주인과 얘기를 주고받고 있을 뿐 내가 보기에도 이상한 느낌은 없었다.

"그건 뭐야?"

나는 현아의 손에 있는 봉투를 보고 물었다.

"내가 일용할 양식."

현아는 봉투에서 꺼낸 담배를 주머니 여기저기에 쑤셔 넣었다. 현아에게서 종종 담배 냄새가 났기 때문에 나는 별로 놀라지 않았다.

"부원장 알면 난리 날 텐데."

준희가 말하자 이미 알고 있다면서 현아는 대수롭지 않게 넘겼다. 준희는 현아를 향해 살짝 인상을 썼는데, 현아는 담배를 챙기느라 준희의 표정을 보지 못했다.

준희에게는 모든 일이 마음에 들지 않는 것 같았다. 과일 가게의 남자도, 현아의 말이나 태도도. 음료수를 마시기도 전에 빨리 돌아가자고 재촉했다. 주변을 신경 쓰는 게 몹시 불안한 모습이었다.

"필리핀에서 제일 위험한 게 뭔 줄 알아?"

담배를 다 챙겨 넣은 현아가 물었다. 준희는 망설임 없이 '필리피노'라고 했는데 현아는 준희의 대답을 무시했다.

"진짜 조심해야 되는 건 따로 있지."

무슨 말이냐고 준희가 되물었지만 현아는 대답하지 않고 다 먹은 음료수 캔을 구겼다. 그러고는 손가락을 뻗어 한곳을 가리켰다.

"저거 먹어봤어?"

현아의 손가락을 따라가보니 지프니 스테이션 옆에서 발롯을 팔고 있었다.

"넌 먹어봤어?"

내가 묻자 현아는 고개를 끄덕였고 준희는 얼굴을 일그러뜨렸다. 반부화된 오리 알. 발롯이 어떤 음식인지 듣고 나서 나는 그걸 파는 근처에도 가지 않았다. 혹시라도 끔찍한 장면을 보게 될까 봐 길거리에서 발롯을 파는 걸 발견하면 일부러 피했다. 준희는 발롯이라는 말만 들어도 몸서리를 쳤다.

"저런 걸 왜 먹어? 생각만 해도 토할 거 같아."

준희는 토하는 시늉까지 했고, 상상만으로도 비위가 상한 건 나도 마찬가지였다.

현아는 자리에서 일어나 지프니를 기다리는 사람들 틈을 비집고 발롯을 파는 곳에서 걸음을 멈추었다. 우리는 멍하니 현아의 행동을 지켜보았다. 현아는 잠시 뒤에 발롯을 받아 들더니 우리를 향해 하얀 알을 흔들었다. 구멍을 내어 안에 든 액체를 마신 후에 껍질을 벗겼다. 현아가 발롯을 입으로 가져갔을 때 결국 준희는 진짜 헛구역질을 했고, 나는 현아가 발롯을 다 먹는 걸 끝까지 보았다.

"하필 저런 애가 올 게 뭐야."

준희는 방으로 들어오자마자 현아에 대한 불만을 터뜨렸다. 현아의 모든 행동이 현아가 한국인이 아니라는 걸 증명한다면서 한국인에 대한 열등감 정도로 치부해버렸다.

발롯을 먹던 현아의 모습이 머릿속에서 떠나지 않았다. 현아를 보고 있으면 알 수 없는 감정이 밀려들었다. 찌는 햇볕 아래 털 달린 옷을 입은 산타를 보듯이 어딘가 부자연스러웠다. 그게 정말 필리핀의 모습일까. 현아의 진짜 얼굴일까.

감옥 밖의 세상은 내가 생각한 것 이상으로 낯설었다.

10

내가 사는 세상과 다른 사람들이 사는 세상 사이에는 보이지 않는 선이 있었다. 각자의 선 안에서 살기 때문에 나와 다른 사람들은 어울리지 못하고 서로의 세계를 바라만 보아야 했다. 서울에서도 그랬고 필리핀에서는 더 그랬다. 내가 있는 경계 밖으로 나가고 싶었지만 나는 줄곧 경계의 가장자리를 맴돌고 있었을지도 모른다.

유미, 소영이와 헤어지고 나서 나는 갈 곳을 잃은 채 거리의 사람들만 눈으로 좇았다. 서울과 타가이타이의 일들이 순서 없이 떠올랐다. 시간을 돌릴 기회가 주어진다면 시곗바늘을 어느 순간으로 되돌려놓아야 할까. 어학원의 철문 밖으로 나가지 않았더라면 아무 일도 생기지 않았을까. 나는 가만히 고개를 저었다. 모든 일은 서서히 시작되었다. 어느 한 가지 문제가 아니다.

전철과 버스를 갈아타면서 준희가 말했던 가게를 찾았다. 부모님이 하신다던 슈퍼마켓의 위치를 찾는 건 어렵지 않았다. 준희와 서울에서 지낸 얘기를 나누다가 가게 이름을 들은 적이 있었다. 지금으로서는 내가 준희를 찾을 수 있는 유일한 곳이었다. 준희의 엄마와 마주하면 무슨 말을 꺼내야 할지 몰랐다. 준희를 만나러 왔다고 하면 준희의 엄마는 나를 어떤 표정으로 바라볼까.

하지만 그것은 기우였다. 지도를 검색해 찾은 준희네 가게는 문이 굳게 잠겨 있었다. 낡은 간판 아래로 문 안쪽은 짙은 어둠뿐이었다. 열리지 않을 걸 알면서도 문손잡이를 흔들어보았다. 문은 오랫동안 닫혀 있었던 것 같았다.

근처 편의점에서 캔커피를 사면서 넌지시 준희네 가게에 대해 물었다.

"거기 문 닫은 지 좀 됐어요. 아저씨가 배달 나갔다가 사고가 났거든요. 계속 주인아주머니 혼자 했었는데 왜 문을 닫았는지는……"

캔커피의 바코드를 찍으며 편의점 직원은 말끝을 흐렸다. 캔커피를 받아 들고 나는 창가 테이블에 섰다.

"다시는 안 나갈래."

무단 외출을 하고 돌아온 날 준희는 입을 앙다물고 말했다. 내내 들떠서 시간을 보냈던 나와는 달랐다. 특별한 일을 하고 온 것도 아닌데 나는 자꾸만 그때의 순간들이 떠올랐다. 매연을 마시며 달렸던 트라이시클과 거리에서 보았던 사람들의 모습이 생생하게 남았다. 갈수록 담 너머의 세상이 궁금했다. 매일 차를 타고 나가기는 했지만 그것으로는 성이 차지 않았다.

내가 생각한 것 이상으로 준희에게는 무단 외출과 현아의 행동이 좋지 않은 인상을 준 모양이었다. 현아를 대하는 준희의 태도는 눈에 띌 정도로 냉담했고 현아의 험담도 자주 꺼냈다.

현아랑 어울리고 싶지 않다는 말을 하면서 준희는 내 뒤를 따라왔다. 내가 맞장구라도 쳐주기를 바랐겠지만 나는 준희의 말에 별다른 대꾸 없이 강당의 가장자리로 걸어갔다. 잠깐 동안 노래와 춤을 맞춰보았는데 이마에서는 땀이 흘러내렸다.

뮤직 데이가 다가오면서 「맘마미아」 공연을 위한 연습도 막바지에 다다랐다. 잠시 쉬는 시간에 준희는 현아 얘기를 꺼냈다. 주변에 다른 아이들이 있어도 현아를 알고 있는 아이가 없어 상관없다고 생각했는지 나를 따라 무대 끝에 앉으며 준희가 툴툴거렸다.

"현아랑 있으면 무슨 일이 생길 것처럼 불안해."

"맨날 똑같은 하루하루. 차라리 무슨 일이든 생겼으면 좋겠다."

아이들은 잠깐의 휴식 시간을 이용해서 부족한 부분을 연습하고 자기들끼리 농담을 주고받으며 장난을 쳤다. 음향을 점검하느라 중간중간에 음악 소리가 끊겼다 이어지고 있었다.

"어차피 한국에 있었더라도 마찬가지였어. 다른 데 신경 쓰고 싶지 않아. 나한테 기회는 한 번이니까."

준희는 한결같았다. 밀리지 않고 숙제를 했고 잠자리에 들기 전에 영어 일기로 하루를 마무리했다. 학교 시험이나 어학원의 레벨 테스트에서 크게 성적이 떨어진 적도 없었다. 이리저리 요동치는 내 성적 그래프와는 달리 준희의 그래프는 일정하게 상승선을 타고 올라갔다. 한국의 고3 생활을 하고 있다고 해도 과언이 아니었다. 그런 준희를 보면 나는 때때로 짜증스러운 감정이 일었다. 바깥공기를 마시고 온 뒤로 나는 단조로운 생활에서 벗어나고 싶은 마음이 자주 생겼다.

처음부터 우리에게는 선택의 여지가 없었다. 다른 친구를 만들고 싶어도 둘밖에 없었으니까. 현아가 오고 나서 나는 전에 느끼지 못했던 기분이 들었지만 준희는 달랐다. 우리 사이에 현아가 끼는 걸 싫어하는 티가 역력했고 현아 앞에서는 보란 듯이 나를 챙겼다. 식당에서 내가 먹을 음식을 떠다 주고 수업 시간에 놓친 내용까지 알려주었다. 준희의 친절이 고맙기는커녕 나는 서서히 불편해지기 시작했다.

내가 호응을 하지 않아서인지 준희는 못내 서운한 기색을 드러냈다.

"너도 예전이랑 달라졌어."

준희가 혼잣말처럼 내뱉었고 나는 변명하지 않았다. 달라지는 건 당연하다는 생각도 들었다. 달라지지 않고는 더 견디기 힘들 테니까.

마침 제니퍼가 우리에게 다가오고 있었지만 준희는 현아의 얘기를 계속 꺼냈다.

"그만 좀 해. 현아도 친구잖아."

음악이 울리고 있었고 현아의 험담을 듣는 게 불편해서 나는 조금 크게 말을 했는데, 내가 듣기에도 목소리가 짜증스럽게 흘러나왔다. 별안간 준희가 자리에서 일어서더니 소리를 내질렀다.

"필리핀 애가 무슨 친구야? 난 필리핀도 싫고 필리피노는 더 싫어!"

마침 음악 소리가 뚝 끊겼다. 준희의 목소리만이 강당에 울렸고 주변 아이들의 시선이 일제히 준희에게 쏠렸다. 준희의 말을 알아들은 한국 아이들도, 무슨 말인지 채 이해하지 못한 다른 나라의 아이들도, 다들 준희의 얼굴을 빤히 보았다.

안젤라가 우리에게 다가오던 제니퍼를 잡아 세웠다. 안젤라는 내게도 꽤 자주 한국어를 물어봤었다. 어쩌면 준희의 말을 이해했을 수도 있다. 준희의 말을 모두 이해하지 못했더라도 필리핀이나 필리피노라는 단어는 분명히 들었을 것이다. 준희의 표정만으로도 좋은 얘기가 아니라는 것쯤은 짐작하고도 남았다.

아이들의 반응에 당황한 준희가 뒷걸음질 쳤다. 금방 울 것 같은 얼굴을 하더니 계단을 내려가 강당 밖으로 뛰어나갔다. 아이들이 웅성거렸고 나는 준희를 따라가지 못했다.

뮤직 데이를 코앞에 남겨두고 준희는 결국 공연을 그만두었다.

"지금 빠지면 더 곤란해져. 공연은 마치자."

"춤추고 노래할 기분도 아니었어. 공부하러 왔으니까 공부만 할래."

내가 설득해도 준희는 뜻을 굽히지 않았고 일방적으로 연습에서 빠졌다. 갑자기 준희의 역할을 대신할 아이를 구하기 힘든 상황이었지만 준희를 찾는 아이는 아무도 없었다. 밴드 연습을 하던 일본 아이가 급하게 준희의 배역을 맡았다.

아이들 사이에서 준희는 졸지에 '책임감 없고 이기적인 한국애'가 되고 말았다. 한번 흘러나온 말은 주워 담을 수 없었고 말을 대신할 진심을 보여주는 것도 쉽지 않은 일이었다. 필리핀 아이들의 태도가 전과 다르다고 느꼈지만 사태를 수습할 방법은 없었다.

"준희 때문에 우리까지 어색하잖아."

한국 아이들 사이에서도 불평이 터져 나왔다.

뮤직 데이 당일에는 학년별로 순서가 이어졌다. 합창과 퍼레이드, 밴드 공연이 끝나고 「맘마미아」가 시작되었다. 무대에서 우리는 실수 없이 공연을 해나갔다. 「댄싱 퀸」을 부를 때는 연기하는 아이들이 모두 나와서 춤을 추고 노래를 불렀다. 객석의 호응도 가장 컸다. 하지만 나는 신이 나지 않았다. 웃고 있는 얼굴마저 어색했다. 그 이유를 나는 준희에게 돌렸다.

"실망이다, 너한테."

공연을 마친 뒤에 내가 던진 말에 준희는 입을 꾹 다물었다. 처음으로 의심이 들었다. 너란 애에 대해서. 너와 나의 관계와 진심에 대해서도.

준희가 공연을 포기한 이유보다 포기했다는 자체가 나에게는 더 중요했다. 그래서 듣고 싶지 않았다. 왜 춤추고 노래할 기분이 아닌지에 대한 준희의 마음 따위는 관심 밖이었다.

그때까지 나는 준희가 필리핀으로 유학 온 이유를 물은 적이 없었다. 한국에서 학교를 다닌다는 게 쉬운 일은 아니니까. 아마도 나와 크게 다르지 않을 거라고 추측했다. 하지만 어느새 준희에 대해 소영이가 했던 말이 모두 사실처럼 여겨졌고 도망치듯 필리핀으로 갔다는 말도 믿게 되었다.

창밖으로 지나가는 사람들을 멍하니 바라보았다. 그때 내가 준희를 의심하지 않고 준희의 상황을 알려고 신경을 썼더라면, 준희의 말을 듣고 준희의 마음과 생각을 읽으려는 노력을 조금이라도 했다면 상황은 달라졌을 수 있었다.

다 마신 캔을 쓰레기통에 던져 넣었다. 밖으로 나와 어두운 길에 섰다. 준희를 만날 방법이 떠오르지 않았다. 사는 집이 그리 멀지 않을 것 같았지만 정확한 집의 위치는 몰랐다. 우연히 만날 수 있을 거라는 작은 희망을 가지고 무작정 걷기 시작했다. 넓은 도로와 좁은 골목길, 아파트 단지를 돌아 제자리에 오기까지 나는 주변을 거닐며 준희의 흔적을 찾았다.

준희를 만나지 못한 채로 크리스마스가 지나가게 둘 수는 없었다. 남은 시간은 고작 하루였다. 할 수 있는 일은 다 해보고 싶었다.

휴대전화를 꺼내 저장된 번호를 살펴보았다. 목록에 있는 수많은 사람들 중에는 이름만으로 감이 잡히지 않는 사람도 많았다. 나도 모르게 케빈 베이컨의 법칙 안에 들어온 사람들. 나와 준희를 사이에 둔 누군가를 찾아야 했다.

목록의 거의 끝부분에 이르러서야 손가락이 멈추었다. 나와는 학원에서 같은 반이었고 준희가 다녔던 중학교를 졸업한 아이. SNS상에서는 친구라 하더라도 만나지 못한 지는 오래되었다. 불쑥 찾아가면 황당한 반응을 보일 수도 있지만 그런 것까지 따질 겨를이 없었다. 저장된 번호로 메시지를 보내고 나는 바로 버스에 올라탔다.

11

한국의 겨울방학이 다가오면서 조용하던 어학원이 술렁거렸다. 연말이 지나고 나면 어학원의 기숙사는 빈 침대가 없이 아이들로 채워질 것이다. 크리스마스와 단기 유학생을 맞이하기 위한 본격적인 준비가 시작되었다. 정원의 나무가 화려하게 반짝였고 강의실로 가는 복도 곳곳에 리스가 올라갔다.

크리스마스 방학을 앞두고 있어서 학교도 들뜬 분위기였다. 나는 뙤약볕에 서 있는 운동장의 트리를 낯설게 바라보면서 교문을 드나들었다.

"루시……"

제니퍼가 나를 부르자 다른 필리핀 아이가 다가와 제니퍼의 팔짱을 끼었다. 내가 알아듣기 힘든 타갈로그어를 하면서 아이는 제니퍼를 데리고 갔다. 뒤를 돌아보는 제니퍼와 눈이 마주쳤지만 인사도 제대로 나누지 못하고 헤어졌다.

학교에서만큼은 피부색조차 느끼지 못할 만큼 가깝게 지냈던 아이들이 공연 이후 우리를 멀리하는 분위기가 느껴졌다. 준희의 말을 알아들은 누군가가 전한 얘기들이 퍼져나갔을 것이다.

달라진 건 한국 아이들도 마찬가지였다. 필리핀 내에서 한인을 상대로 한 강력 범죄에 대한 기사가 인터넷에 연일 올라오면서 아이들 사이의 경계를 부채질했다. 한국 아이들은 뒤에서 쑥덕거렸고, 인터넷 기사의 반응을 접한 필리핀 아이들도 불쾌한 태도를 드러냈다. 우리가 한국인이고 이곳이 필리핀이라는 이유만으로 필리핀 사람 모두가 경계의 대상이 되었다.

나는 잠시 한국으로 돌아갈 계획을 세웠다. 보이지 않는 경계와 서로를 의심하듯 바라보는 시선들을 벗어나고 싶었다.

크리스마스 때 우리 파티하자!

한국에 가서 유미, 소영이랑 크리스마스를 함께 보내기로 약속을 잡았다. 마침 소영이네 부모님이 해외에 가셔서 장소는 소영이네 집으로 정했다. 친구들을 만나 밤새 수다를 떨 생각만으로도 가슴이 설렜다.

"크리스마스 방학이 2주밖에 안 되는데 굳이 올 필요 없잖아."

엄마는 내 바람을 무참히 꺾었다. 3월에 있을 여름방학에 오라면서 일방적으로 내 일정을 바꾸었다.

“이번에 꼭 가고 싶어. 엄마, 응? 친구들이랑 벌써 약속도 했단 말이야.”

전화로 엄마에게 사정했다. 진심을 다해 말했지만 엄마에게는 통하지 않았다.

“그럼 네가 정해. 이번에 오든지 여름방학 때 오든지. 두 번은 안 돼.”

엄마 말에 나는 입술을 깨물었다. 여름방학은 두 달간 서울에서 지낼 수 있는 기회였다. 어쩔 수 없이 나는 서울에서 크리스마스를 보내는 걸 포기할 수밖에 없었다.

진짜? 정말 못 와?

친구들이 보낸 우는 모습의 이모티콘을 보자, 나는 정말 울고 싶은 심정이 되었다. 친구들도 만나고 싶고 몸이 떨리게 추운 겨울도 그리웠지만 모든 게 내게는 너무 멀었다.

방학 동안 한국에 돌아가지 못하는 건 준희도 마찬가지였다. 학비와 기숙사 생활비가 밀려 있다는 얘기를 준희가 꺼내놓았다. 엄마가 뒤늦게라도 입금을 해주지만 그전까지는 원장과 부원장의 눈치를 볼 수밖에 없다고 했다. 최근에 준희가 부원장에게 용돈을 못 받았던 이유와 부원장 앞에서 잔뜩 위축돼 있던 모습이 그제야 이해가 됐다.

“나, 한국으로 돌아가야 할지도 몰라. 잠시 다녀오는 게 아니라

영원히.”

준희는 말하고 나서 무릎에 얼굴을 묻었다. 나는 준희를 위로하지 못했다. 괜찮아, 잘될 거야, 같은 무책임한 말은 싫었다. 그렇다고 전처럼 서로를 끌어안고 울지도 않았다. 나는 나대로, 준희는 준희대로, 견딜 수밖에 없었다. 위로한다고 해서 달라지는 건 없을 테니까.

애초에 현아는 집에 갈 마음이 없었다면서, 필리핀에서 크리스마스를 보내는 게 차라리 낫다고 했다.

“더운 크리스마스를 보내는 것도 나쁘지 않지.”

산타의 털 달린 옷도, 루돌프의 썰매도 필요하지 않은 크리스마스. 현아는 그것도 꽤 괜찮다고 했지만 나는 처음 맞는 여름의 크리스마스가 낯설었다. 길거리에 서 있는 트리를 볼 때마다 내가 있는 곳이 어디인지 깨달았다. 상점이나 거리에서 흘러나오는 캐럴은 아무리 들어도 익숙해지지 않았다.

눈이 내리지 않는 곳. 화이트 크리스마스를 볼 수 없는 사람들. 그들은 누구보다 크리스마스를 기다렸다. 뜨거운 크리스마스가 내게 어색한 것처럼 그들에게 추운 크리스마스는 상상 속에서만 존재할 것이다. 평생 보지 못한 눈송이를 꿈꾸고 화이트 크리스마스를 떠올리는 것만으로도 즐거워 보였다. 그들에게 크리스마스는 없는 것도 있게 만드는, 마법 같은 날이었다.

새 시즌과 크리스마스 준비가 겹치면서 원장 부부는 분주해졌다. 크리스마스 파티는 타가이타이가 속한 카비테 주 안의 한 농장에서 열릴 예정이었다. 농장의 사장이 원장과 친분이 있어 견학과 소풍으로 유학생들이 자주 갔던 곳 중 하나였다. 어느 때보다 색다른 파티를 만들 거라면서 부원장은 흥분을 감추지 못했다.

장기 유학생들에 대한 원장 부부의 관심은 처음보다 많이 줄었다. 그사이 한국으로 돌아간 매니저들과 어학원을 그만둔 튜터들도 있었다. 민우 선생님은 남았지만 어학원의 분위기는 공중에 뜬 것처럼 어수선했다.

무단 외출 이후에 현아와 나는 급속도로 가까워졌고 전보다 현아가 우리 방에 찾아오는 횟수도 잦았다. 나와 현아는 수시로 어학원을 빠져나갈 수 있는 틈을 엿보았지만 지난번과 같은 기회는 잡기 어려웠다.

"부원장의 가장 큰 장점이 뭔 줄 알아?"

계단을 뛰어 올라와서 내 옆에 앉자마자 현아가 대뜸 물었다. 나는 잠시 생각하다가 모르겠다는 표정을 했다. 활짝 열어둔 창문에서는 바람 한 점 들어오지 않았다. 책상 앞에 앉은 준희는 부채질을 해댔고 천장에 매달린 선풍기 돌아가는 소리가 방 안에 울렸다. 크리스마스가 다가오고 있다고는 실감할 수 없었다.

"책임감이 강하다는 거."

현아의 말에 나는 곧 동의했다. 유학생들을 관리하는 것만 봐도 충분히 그렇게 생각됐다.

"그럼 부원장의 가장 큰 단점은 뭔 줄 알아?"

이번에도 나는 대답을 못했다.

"책임감이 강하다는 거."

나는 핏 웃고 말았다. 그 말도 일리가 있었다. 책임감은 누군가의 희생을 동반한다. 부원장의 책임감 덕분에 엄마 아빠는 멀리서도 내가 매일 뭘 하는지 꿰고 있지만, 대신에 나는 내 자신을 잃어갔다.

"내 생각에 책임감이라는 건……"

이어질 현아의 말이 궁금했는지 준희도 돌아보았다.

"항상 허점을 만들거든."

"그건 또 무슨 논리야?"

준희가 퉁명스럽게 말을 던지자 현아가 몸을 일으키더니 우리 앞에 손을 펼쳐 보였다. 아무도 모르게 나갔다가 철문을 열고 들어올 수 있는, 알리바바의 주문 같은 물건이 현아의 손안에 있었다.

"말하자면, 하나를 책임지고 해내려면 다른 건 그만큼 소홀할 수밖에 없다,라는 논리지. 왜냐고? 사람은 원래 그런 존재거든."

현아는 당연하다는 투로 말했고 준희는 이내 관심을 끊고서 아까처럼 돌아앉았다.

곧 한국으로 돌아가는 아이에게 비자 문제가 생겨 부원장은 연이틀이나 이민국을 드나들었다. 아이를 데리러 왔던 엄마는 이 상황에 불만을 나타냈고 부원장이 엄마의 비위를 맞추려고 전전긍긍하던 모습이 눈에 선했다. 오후 무렵 부원장은 아이와 엄마를 차에 태우고 외출을 나갔다. 일을 마치고 돌아오려면 시간이 꽤 걸릴 것이다.

"기회가 항상 오는 건 아니지."

현아는 바로 일어섰다. 나도 반사적으로 몸을 일으켰지만 준희는 꿈쩍하지 않았다. 나는 준희에게 함께 가자는 말을 건네지 못했다.

"난 여기 있는 게 답답해."

얼마 전에 나는 고백하듯 준희에게 털어놓았다. 정전이 되어 방 안에 촛불 하나만 켜둔 채였다. 수시로 불이 나갔기 때문에 이제는 손을 더듬어 양초를 찾는 일도 익숙해져 있었다. 내 말을 듣고 한참이나 말이 없던 준희의 입에서 촛불만큼이나 희미한 소리가 흘러나왔다.

"난 밖으로 나가는 게 두려워."

마침 전기가 들어와 준희의 얼굴이 형광등 아래서 선명하게 드러났다. 준희의 표정을 보고 나는 마음을 굳혔다. 준희가 가진 두려움의 실체가 무언지 모르지만 그건 내가 어떻게 해줄 수 없는 것이다. 이제는 내 일에 준희를 끌어들이지 않기로 마음먹었다.

나는 현아를 따라 계단을 내려왔다. 창가에서 우리의 뒷모습을 보고 있는 준희의 시선이 느껴졌다. 망고는 정원의 그늘에 앉아 있었다. 고양이의 날카로운 눈이 화창한 햇살과 어울리지 않아 나는 망고의 눈을 피했다. 망고가 우리의 등 뒤에서 작고 길게 울었다. 고양이의 눈에도 우리 행동이 못마땅하게 보였을지 모를 일이다. 왜 너희 마음대로 행동하는 거니. 왜 준희는 함께 안 가는 거니. 망고가 입을 열면 그런 소리가 나올 것 같았다.

현아와 나는 지난번보다 조금 먼 곳을 행선지로 정했다. 흙먼지가 날리는 길을 한동안 걸어 내려왔다. 한참을 기다려 도착한 지프니는 사람들로 꽉 차 있었다. 다닥다닥 붙어 앉은 자리에 현아와 내가 들어갈 공간이 없었다. 남자들 몇이 지프니에 매달리며 우리의 행동을 지켜보았다. 뒤에서 차의 클랙슨 소리가 들렸지만 현아와 나는 어떻게든 지프니에 올라타려던 참이라 차 안에 누가 있는지 보지 못했다.

"효나! 루시!"

현아와 내가 동시에 돌아보았다.

"쿠야!"

현아가 반갑게 쿠야를 부를 때 지프니는 먼지를 날리며 출발했다. 나는 입가에서 손을 내저으며 기침을 뱉어냈다.

당장 차에 태워져서 감옥 안으로 끌려 들어갈 수도 있는 상황이었다. 나는 탈옥을 감행한 죗값으로 지하 방에 감금되는 상상을 하고 있었고 현아는 영어와 타갈로그어를 섞어 쓰면서 열심히 쿠야를 설득했다.

"오케이. 진아!"

마침내 현아가 두 손가락으로 딱 소리를 내더니 나를 불렀다. 그러고는 차의 뒷좌석 문을 열었다.

"쿠야가 누발리까지 태워다준대."

우리는 모두 공범자가 된 셈이었다.

"원장이 알면 쿠야도 곤란해질 텐데."

"모르게 해야지."

내가 걱정스럽게 말하자 현아는 괜찮을 거라면서 쿠야에게 고맙다는 말을 건넸다. 쿠야가 에어컨을 세게 틀어 차의 온도를 낮췄다.

쿠야가 누발리에 도착해 우리에게 준 시간은 고작 30분이었다. 쿠야를 졸랐지만 합의를 본 시간은 40분에 불과했다. 우리가 바람을 쐬러 다니는 동안 쿠야는 주차장에서 기다리겠다고 단호하게 말했는데, 쿠야에게 그 이상의 시간을 달라는 건 무리한 요구일 터였다. 분명 쿠야는 어학원에 들어가서 할 일이 있을 것이다. 심부름을 다녀오던 쿠야를 만난 게 다행인지 불행인지 모르겠다고 현아가 투덜댔다.

"쿠야 입장에서는 그게 최선일 거야. 아까 바로 끌고 가지 않은 게 어디야."

나는 현아의 목에 팔을 두르면서 짐짓 명랑하게 말했다.

누발리는 흙먼지를 날리며 우리가 지나온 길과는 다른 모습이었다. 제니퍼가 누발리 빌리지에 산다는 얘기를 들은 기억이 났다. 한눈에도 고급스러워 보이는 집들이었다. 필리핀의 흔한 집들과는 너무도 달랐다. 깨끗하고 화려한 상점들까지 즐비해서 몇 분 사이에 딴 세상에 와 있는 착각이 들었다. 필리핀 안에서도 서로 다른 세계가 존재하고 있다는 사실을 새삼 깨달았다.

땀에 젖었던 옷은 말랐지만 갈증이 밀려왔다. 현아가 음료수를 주문하러 간 사이에 나는 의자에 앉아 지나가는 사람들을 구경했다.

멍하니 다른 생각에 빠져 있어 처음에는 내가 헛것을 본 줄 알았다. 내 눈이 이상한 건 아닐까, 의심이 들어 다른 쪽을 보았다가 다시 고개를 들었다. 멀리 있는 두 사람은 내가 아는 사람이 분명했다. 민우 선생님을 올려다보는 자넷 선생님의 표정은 수업 시간에는 한 번도 본 적이 없는 얼굴이었다. 민우 선생님의 웃음 어린 얼굴에 숨이 막혔다. 언젠가 꾸었던 꿈의 한 장면이 떠올랐다. 그때와 같은 웃음, 그때와 같은 눈빛.

"겨우 20분밖에 안 남았어."

음료수를 테이블에 놓으며 현아가 내 앞에 앉았다.

"김이진, 왜 그래?"

내 얼굴을 본 현아가 놀라 물었다. 나는 입이 떨어지지 않아 손을 뻗어 먼 곳을 가리켰다. 현아가 뒤를 돌아보았지만 민우 선생님과 자넷 선생님은 사라진 뒤였다. 맞은편 상점에서 캐럴이 흘러나왔고, 털옷 입은 산타가 춤을 추고 있었다.

12

"진아……"

어둠 속에서 준희의 목소리가 낮게 깔렸다. 건너편 침대에서 자고 있던 아이가 뒤척였다. 단기 유학생들이 들어오면서 비어 있던 침대에 새 주인이 생겼다. 나와 준희 외에도 네 명의 룸메이트가 늘었다. 남는 침대가 두 개였는데 부원장이 침대 두 개를 2층 침대로 바꿔 여섯 명이 한방을 쓰게 되었다. 아이들이 늘어나면서부터 방 안은 부산스러워졌다.

준희가 또 한 번 나를 부른 뒤에야 나는 겨우 대답했다.

"다시…… 내려갈까?"

준희가 하려는 말을 나는 바로 알아차렸다. 처음 우리가 들어갔던 지하 방. 거길 말하는 거였다. 숨 막히게 조용하고 음울하게 답답했던 곳.

"아니. 거긴 안 가."

내가 대답하자 준희가 나를 향해 돌아누웠다. 준희의 눈동자가 희미하게 빛났다.

"차라리 그때가 나았어. 점점 좋아질 줄 알았는데."

준희의 목소리가 건조하게 들렸다. 잠든 아이들의 숨소리가 방 안을 채웠다. 어학원에 도착한 첫날부터 쉴 틈 없이 돌아가는 스케줄 때문에 아이들은 고단할 수밖에 없었다. 프레젠테이션과 크리스마스 파티가 끝나고 방에 들어오자마자 곯아떨어졌다.

"한여름의 크리스마스라고 들어봤어? 정말 색다른 경험이지."

부원장은 아이들을 세뇌시키듯이 이곳의 크리스마스가 얼마나 특별한지 거듭 강조했다. 한국에 있었더라면 경험하지 못했을 일이라고, 이곳에서 얻어 가는 건 비단 영어 공부만은 아니라고 같은 말을 되풀이했다.

부원장의 말처럼 처음 맞은 더운 크리스마스는 내게 잊지 못할 기억을 남겨주었다.

오전에 단기 유학생들의 프레젠테이션이 끝나자마자 모두 파티가 열릴 농장으로 이동했다. 농장에 도착하고 나서 차량이 줄지어 안으로 들어섰다. 농장에서는 파인애플을 비롯한 갖가지 과일과 채소를 키우고 있었다. 입구를 지난 뒤에도 한동안 차가 달렸지만 농장은 끝이 보이지 않을 만큼 넓었다. 크리스마스 휴일이라 일꾼들도 모두 일을 쉬었기 때문에 농장은 한가로웠다.

농장의 사장과 사모가 주차장까지 와서 원장 부부와 유학생들을 맞아주었다. 부부는 나와 준희의 얼굴을 기억하지 못하는지 우리의 인사를 대강 받아넘겼다. 대신 사장은 원장과 한참이나 손을 흔들며 악수를 했는데, 마치 중요한 협상이라도 타결한 모습이었다.

단기 유학생들은 팀을 나누어 농장을 둘러보기로 했고 장기 유학생들은 대부분 더위를 피해 실내로 들어가 자유 시간을 보내거나 매니저들을 따라 파티 준비를 도왔다.

나는 어느 쪽에도 끼지 않고 혼자서 농장 주변을 거닐었다. 지난번에 왔을 때 보았던 일꾼만 해도 수십 명이었지만 아무도 보이지 않았다. 일꾼들도 대부분 가족이 있는 집에서 크리스마스를 맞을 것이다. 숙소에 남아 있는 일꾼들도 자기들끼리의 파티를 준비하고 있었다.

바나나를 어깨에 짊어졌던 일꾼들의 모습이 눈에 선했다. 지난번 농장 견학을 왔을 때는 마침 수확에 들어간 시기라서 일꾼들이 분주하게 움직였다. 한 줄기에 매달린 바나나 다발은 언뜻 보기에도 무게가 만만치 않을 거라 짐작되었다. 바나나를 옮기는 일꾼들의 모습에서 나는 동정이나 연민이 아닌 의문이 먼저 들었다. 신발도 신지 않은 그들의 발을 보았을 때, 지나치게 해진 옷을 걸친 그들의 초라한 행색에도 나는 궁금증이 생겼다. 왜 겨우 저런 옷을 걸치고 있는 것인지, 거칠고 메마른 땅바닥을 왜 맨발로 걷고 있는지. 옷 한 벌, 신발 한 켤레 살 돈이 없다는 건 말이 되지 않았다. 그들이 누구보다 힘든 노동을 하고 있다는 걸 바로 내 눈앞에서 증명해 보였으니까.

내 또래로 보이는 남자아이와 눈이 마주쳤을 때 나는 마치 죄를 지은 사람처럼 시선을 돌렸다. 정작 아이는 아무렇지 않게 바나나를 옮기는 일을 계속했지만, 혹시라도 아이가 나를 볼까 봐 나는 다른 사람들 틈으로 몸을 숨겼다. 남자아이가 나를 보는 걸 견딜 수 없을 것 같았다.

"파올로, 서둘러!"

아이의 이름인 모양이었다. 파올로가 큰 소리로 대답하더니 제 몸집만 한 바나나를 어깨에 걸쳐 멨다. 숨을 쉬기도 힘들어 보였는데 파올로는 노래를 부르기 시작했다. 숨을 몰아쉬며 부르는 노랫소리가 때로는 힘겹게, 때로는 힘을 돋우는 것처럼 들렸다. 파올로의 모습에 더 많은 질문들이 이어졌다. 학교는 다니는 걸까. 왜 벌써부터 저런 고된 일을 해야 할까.

현아와 준희가 나누었던 대화가 떠올랐다. 불행해도 불행한 줄 모른다던 준희의 말과 불행한 걸 모르는 게 행복한 거라던 현아의 말. 파올로의 모습과 노래가 서로 어우러지지 않았다. 무수한 질문들 속에 있는 건 나였기 때문에 나는 어떤 대답도 찾을 수가 없었다. 바나나를 짊어진 파올로가 내 앞을 지나가는 모습이 눈에 보이는 듯했다.

"누구 찾아?"

소리에 놀라 돌아보니 언제 왔는지 민우 선생님이 옆에 서 있었다. 여운으로 남아 있는 파올로의 모습을 뒤로하고 자리를 뜨려는데 민우 선생님이 나를 불렀다. 내가 좋아하는 웃음을 띠고서.

민우 선생님은 변함이 없었다. 자넷 선생님과 눈을 마주치는 모습도 보지 못했다. 누발리에서 내가 본 모습은 정말 허깨비였는지도 모른다.

"크리스마스 선물."

민우 선생님이 내 앞으로 손을 내밀었고 나는 무심코 손바닥을 펼쳤다. 선생님이 내 손에 이어폰을 놓았다. 언젠가 쇼핑센터에 갔을 때 살까 말까 망설였던 것이다.

"힘들어도 조금만 참아. 음악도 자주 듣고."

민우 선생님이 나직이 말했다. 그러고는 아까와는 다른 손을 가만히 내놓았다. 민우 선생님이 손을 내민 의미를 금방 알아챌 수 없어 나는 어떤 행동도 할 수 없었다. 저 손을 잡아야 하나 말아야 하나 결정하지 못했다. 그사이 민우 선생님은 멋쩍게 웃으며 손을 거두었다.

"메리 크리스마스. 해피 뉴 이어."

민우 선생님이 어색하게 말하고는 돌아섰다. 민우 선생님의 모습이 보이지 않고 나서야 가슴이 뛰었다.

"메리 크리스마스."

뒤늦게 내뱉은 인사가 내 귀에도 겨우 들렸다.

파티가 열리는 정원으로 돌아오자, 민우 선생님은 다른 매니저들과 테이블을 옮기며 얘기를 나누고 웃었다. 아무렇지 않은 웃음과 말투가 혼란스러웠다. 내가 갖고 싶은 걸 알고 있었다는 사실도, 내 손에 쥐여준 선물도. 얼마 전 보았던 장면만 아니었더라면 나는 행복한 꿈을 꾸는 줄 알았을 것이다. 달콤한 꿈에서 깨지 않기를 바라면서, 잠깐 스쳤던 민우 선생님의 손길을 더 오래 간직하려고 애썼을 게 분명했다. 하지만 혼자서 괜한 착각을 할까 봐 나는 꿈속으로 들어가지 않았다.

해가 저물 무렵 전구에 불이 들어오면서 크리스마스 파티가 시작되었다. 깜빡거리는 전구의 불빛에 따라 정원의 풍경이 붉고 푸르게 물들었다.

난생처음 겪는 뜨거운 크리스마스가 설레다가도 실감이 나지 않아 나는 때때로 주변을 둘러보았다. 시끄럽게 울리는 캐럴과 사람들의 표정에서 비로소 크리스마스라는 사실을 깨달을 수 있을 뿐 그 외에는 아무것도 느낄 수가 없었다.

한두 방울씩 비가 떨어지는 가운데 예정대로 정원에서 식사를 했다. 바비큐를 굽는 매니저들의 이마에서 땀이 흘러내렸다. 파티가 진행되는 동안에도 바람이 심상치 않게 불어왔다. 건기에 접어들어 비가 많이 오지 않을 거라고 했지만 날씨는 점점 흐려졌다. 바람에 날리는 머리칼을 귀 뒤로 넘기며 준희는 금방이라도 비가 쏟아질 것 같은 하늘을 올려다보았다.

식사가 끝난 뒤에는 게임이 이어졌다. 초등학생들 사이에 억지로 끼워 넣어진 우리는 매니저들이 시키는 대로 풍선을 불었고 카드에 적힌 단어를 몸으로 흉내 냈다. 현아는 투덜거리다가도 제 차례가 오면 언제 그랬냐는 듯이 온몸을 던져 게임에 임했고, 그런 현아 덕분에 아이들의 웃음이 멈추지 않았다.

"재는 무슨 생각을 하는지 모르겠어."

준희가 혼잣말처럼 중얼거렸다. 설령 현아의 생각을 이해한다 해도 현아의 말과 행동은 예측하기 힘들었다. 열심히 게임에 나서던 현아는 후미진 곳에서 담배를 피우고 온 게 틀림없었다.

"저 언니한테서 담배 냄새 난다."

여자아이 하나가 코를 쥐며 현아를 손가락으로 가리켰다. 부원장의 매서운 눈이 현아를 쏘아보았고 현아는 부원장을 향해 아무렇지 않게 어깨를 으쓱거렸다.

한창 유행하는 한국 가요가 나오면서 몇몇 아이들이 일어나 춤을 추었다. 좋지 않은 날씨에도 파티는 그런대로 무르익어갔다. 모두가 행복해 보였고 모두가 행복한 크리스마스를 보내는 줄 알았다.

음악 사이로 웅성거림이 느껴졌지만 일꾼들의 숙소에서도 파티가 있었기 때문에 처음에는 대수롭지 않게 여겼다.

"왜 이렇게 떠들썩해?"

누군가의 말에 그제야 사람들이 관심을 갖기 시작했다. 소란은 일꾼들의 숙소가 있는 쪽에서 들려왔다. 사장과 원장이 서둘러 달려갔다. 부원장까지 자리를 뜨자 아이들도 우르르 소란이 난 곳으로 몰려들었다.

일꾼들 사이에 싸움이 벌어졌다. 한 남자가 타갈로그어로 거칠게 말을 뱉어냈고 맞은편의 남자는 삿대질을 하며 맞섰다. 자세히 보니 삿대질을 하는 남자는 한국인이었다. 말싸움을 벌이는가 싶더니 필리핀 남자가 한국인의 멱살을 잡았다. 나는 알아들을 수 없는 타갈로그어가 남자의 입에서 터져 나왔다. 다른 사람들이 말리지 않았더라면 남자는 사장에게도 달려들 태세였다.

"한 사람은 임금을 제대로 못 받았다고 하고, 한 사람은 일을 제대로 하지 않았다고 하고. 누구 말이 맞는지는 모르겠고."

표정 없는 얼굴로 현아가 웅얼거리듯 두 남자의 말을 통역했다.

마침내 사장까지 나서서 필리핀 남자에게 소리를 질렀다. 조금 전까지 너그러운 얼굴은 온데간데없었다. 손가락을 뻗어 문이 있는 쪽을 가리키며 당장 나가라는 말을 외쳤지만 필리핀 남자의 기세는 꺾일 줄을 몰랐다. 남자가 음식이 차려진 테이블을 한차례 뒤집어엎었다. 놀란 부원장은 서둘러 아이들을 데리고 원래의 자리로 돌아가려 했지만 아이들은 갑작스러운 싸움 구경에 정신이 팔려 있었다.

준희가 인상을 쓰면서 나를 잡아끌었다. 난데없는 싸움에 잔뜩 겁을 집어먹은 얼굴이었다. 시선을 남자에게 둔 채로 나는 몇 발자국을 움직였다.

"타타이!"

멀리서 남자아이가 아빠를 부르며 뛰어왔다. 화려한 조명에 비친 아이의 얼굴이 선명하게 기억났다. 더럽고 낡은 옷을 걸친 채 제 몸집만큼이나 큰 바나나 다발을 옮기던 아이. 숨을 몰아쉬면서도 노래를 부르던 아이. 파올로였다.

파올로는 일꾼들을 헤치고 아빠에게 달려들더니 등 뒤에서 아빠를 껴안았다. 파올로의 아빠가 내지르는 소리는 울음에 가까웠지만 모여 있던 사람들은 어느새 파티를 하던 곳으로 자리를 옮기고 있었다. 일꾼들에게 둘러싸여 파올로와 그의 아빠의 모습은 더 이상 보이지 않았다.

파티는 기세가 꺾였고 때마침 굵은 비가 떨어져 자리는 급하게 마무리되었다. 아이들이 가장 기대했던 폭죽놀이는 취소할 수밖에 없었다. 테이블을 정리하는 잠깐 사이에 머리가 축축하게 젖었다.

"엉망이 돼버렸어. 모든 게 다."

실내로 들어오자마자 옷을 털면서 준희가 말했다. 원망이 담긴 말투였다. 비 때문일 수도 있고 싸움 때문일 수도 있었다. 일꾼들이 모여 있는 자리는 잠잠해졌지만 혹시나 파올로의 모습이 보일까 싶어 나는 한동안 창가를 떠나지 않았다.

후드득 비가 떨어졌다. 어학원으로 오는 동안 그친 줄 알았던 비가 다시 내렸다. 나는 돌아누워 천장을 보았다. 필리핀에 와서 처음 맞는 크리스마스가 끝나가고 있었다.

준희가 누운 채로 내게 바짝 다가왔다. 팔을 뻗어 내 어깨를 감싸 안고는 얼굴을 묻었다.

"내가 생각한 건 이런 게 아니야."

준희의 말은 알 듯 모를 듯했다.

"처음 겪는 일들이 모두 어렵고 힘들어. 기대하면 실망하고, 잘하려고 하면 어긋나고. 앞으로도 그럴 텐데…… 그때마다 어떻게 하면 좋을까? 아무것도 모르는데 뭘 어떻게 해?"

준희의 물음에 나는 아무 말도 하지 못했다. 나 또한 모든 게 처음이었으니까.

민우 선생님이 준 이어폰은 책상 서랍에 잘 넣어두었다. 내게 손을 내밀던 민우 선생님과 아빠를 부르며 달려오던 파올로의 모습이 지워지지 않았다.

"눈이 내리는 크리스마스를 보고 싶어. 눈이 내리지 않아도 차가운 크리스마스를."

준희가 속삭였다. 쨍하게 해가 떠 있다가도 비가 쏟아지고, 그러다가 금세 해가 나기도 하는 게 이곳 날씨였다. 화이트 크리스마스가 아닌 더위와 함께 비가 쏟아지는 크리스마스.

"진아, 우리 서울 가면 크리스마스는 꼭 함께 보내자. 그때는 펑펑 눈이 왔으면 좋겠다."

준희의 목소리 사이로 빗소리가 들이쳤다.

"그래, 그러자."

나도 나직이 대답했다.

"생각만 해도 기분이 좋아진다."

말을 마친 준희가 이내 새근거리며 고른 숨소리를 냈다.

눈 내리는 하늘이 보고 싶었다. 뽀드득 소리 나게 눈을 밟고 두 손을 모아 눈송이를 받고 싶었다. 눈송이는 보석처럼 귀해 누구는 태어나 죽을 때까지 한 번도 그걸 보지 못했고, 누군가는 오랫동안 추억하며 그리워했다. 그 차가움과 흔적도 없이 사라지는 허무함을. 새하얗게 덮인 풍경 속으로 빨려 들어가기 위해 나는 억지로 잠을 청했다.

13

크리스마스 방학은 지금까지 내가 겪었던 모든 방학을 통틀어 가장 지루했다. 아침에 눈을 뜨면 한숨부터 새어 나왔다. 일찍 일어난 아이들과 아이들을 단속하려는 매니저들 때문에 새벽부터 잠을 설쳤다. 붐비는 식당으로 가는 대신 아침을 거르고 선잠으로 시간을 때웠다. 수업 시간 전에 겨우 일어나서 멍하니 책상 앞에 앉았다.

"루시, 너 대체 요즘 왜 이래?"

몇 번인가 자넷 선생님에게 지적을 받았다. 자넷 선생님은 짐짓 무서운 얼굴을 지어 보였는데 그럴 때마다 나는 민우 선생님을 바라보던 자넷 선생님의 얼굴이 떠올랐다. 민우 선생님을 향해 웃고 있었다는 이유만으로도 나는 자넷 선생님을 미워하고 싶었다. 하지만 마음대로 미워할 수 없는 사람도 있었다. 미움을 받는 것도 자격이 필요하다면 자넷 선생님은 자격 미달이었다. 적어도 내게는 그랬다.

준희는 학기 중과 다름없이 공부에 열중했다. 방학인데도 공부를 쉬지 않았고 매니저들에게 수학이나 과학 교재를 들고 가는 모습도 자주 눈에 띄었다. 자넷 선생님에게 매일 튜터링을 받았지만 민우 선생님과의 관계에 대해서 더는 관심을 갖지 않았다. 모든 일에 신경을 끊고 공부만 하는 모습이 무서울 정도였다. 정말 한국에 돌아가려는 걸까 궁금했지만 준희가 털어놓기 전까지는 묻지 않을 생각이었다.

"나, 여기서 정말 잘하고 있단 말이야."

엄마와 통화를 하는 준희에게서 간혹 짜증과 불안 섞인 말이 흘러나왔다. 준희가 가장 바라는 일은 한국으로 돌아가는 일이지만 가장 두려워하는 것도 한국으로 돌아가는 상황이 오는 거였다. 기회는 한 번뿐이라고 하던 준희의 말은 진심이었을 것이다.

우리는 어느새 다른 곳을 보고 있었다. 내가 준희에게 감옥 밖으로 나가자고 손을 내밀지 않는 것처럼 준희도 내가 밖으로 나가는 걸 내버려두었다. 더 이상 우리는 서로의 그림자가 아니었다.

감옥 밖으로 나오면 비로소 숨이 트였다. 현아와 나는 트라이시클이나 지프니를 타고 어디든 돌아다녔다. 무작정 가다가 아무 데나 내려서 한참을 걷기도 했다. 현아랑 있을 때는 준희랑 있을 때와 달랐다.

"그대로 인정하면 돼. 그럼 한결 수월하거든."

현아의 말이 내게는 더 위로가 되었다.

차 문을 열자 현아와 준희가 이미 자리를 잡고 앉아 있었다. 둘은 양쪽 끝에서 각자 창밖을 내다보았다. 가운데에 앉으며 나는 이어폰을 꽂고 눈을 감았다. 주말 나들이에 들뜬 아이들 속에서 우리 셋은 침묵을 지켰다.

"파상한 폭포는 두 번이나 다녀왔어요."

"세 번을 봐도 아깝지 않은 풍경이야."

현아와 내가 아무리 말해도 부원장에게는 통하지 않았다. 주말 나들이에 예외는 없었다. 크리스마스 파티가 만족스럽지 못했는지 부원장은 주말 나들이 일정까지 빡빡하게 잡았다. 현아는 구시렁거리며 차에 올랐고 준희도 마지못해 따라나섰다.

출발 전에 한차례 비가 쏟아져서 나는 내심 스케줄이 변경되기를 바랐지만, 차를 타고 이동하는 사이 하늘은 빠르게 개었고 차에서 내릴 때는 비가 왔던 흔적조차 없었다.

아이들이 구명조끼를 입고 헬멧을 쓰는 동안 우리는 식당으로 들어갔다. 폭포까지 가고 싶지 않으면 식당에서 기다리라는 게 부원장의 최종 결정이었다.

"두 시간은 걸릴 텐데 여기서 뭘 하라는 거야? 너도 안 갈 거야?"

현아가 투덜거리다가 준희에게 물었다. 주억거리는 준희에게서 예전의 표정은 찾을 수 없었다. 뜨겁고 힘들었지만 재미있고 신기했던 순간들, 그리고 안타까운 감정들.

내가 두번째로 팍상한 폭포를 갔던 때는 준희와 함께였다. 학교와 어학원 수업으로 지친 시간이었지만 주말 나들이를 준희는 좋아했다. 준희는 엄마 아빠에게 보낼 사진을 꼭 찍어두었다. 일부러 장난스러운 표정을 짓고 찍었던 우리의 추억은 내게도 저장되어 있었다.

"어떡해…… 쿠야들 너무 힘들어 보여."

준희는 눈물까지 글썽였다. 처음 보는 절경에 감탄을 하던 우리는 오래가지 못해 온몸에 힘을 준 채 옴짝달싹하지 못하고 몸을 잔뜩 웅크렸다. 우리가 탄 배는 거센 물살과 험준한 바위 사이를 지나갔다. 두 명의 쿠야가 앞뒤에서 노를 저어 배를 끌고 밀었는데, 좁고 가파른 길에 이르면 쿠야들은 배에서 내려 끄응 소리를 흘리며 배를 어깨에 걸치고 올라갔다. 가만히 앉아서 절경을 감상하기에는 쿠야들의 노동이 힘겨워 보였다. 좌불안석으로 빨리 폭포에 닿기를 기다려서인지 막상 폭포에 도착하고 나서도 별 감흥이 없었다. 돌아갈 걸 생각하니 걱정이 앞섰다. 폭포를 그대로 통과한 사람처럼 쿠야의 얼굴과 몸은 물과 땀으로 범벅이 되어 있었다.

돌아오는 길은 갈 때보다 조금 수월했어도 쿠야들은 기운이 빠져 있어 여전히 힘겨운 모습이었다. 처음 출발 지점에 도착하고 나서야 우리는 고맙다는 말을 여러 번 하고 배에서 내렸다. 쿠야들의 모습이 안쓰러워 다시는 타고 싶지 않았지만, 그러면 또 일이 없어져 생계가 힘들어질 사람들이었다. 그 일이 여운으로 남아 준희와도 꽤 오랫동안 팍상한 폭포에 대해 얘기하고는 했었다.

준희와 함께했던 시간과 느낌이 생생하게 떠올랐다. 준희도 기억하고 있을까. 폭포에 가고 싶지 않은 이유가 그날의 불편한 마음이 남아 있어서는 아닐까.

앞에 앉은 현아는 연신 부채질을 해대더니, 음료수를 한 번에 마시고는 지루한 얼굴로 시간을 확인했다.

"완전 대박이지 않냐?"

"난 쿠야들 불쌍하더라. 엄청 힘들어하던데."

폭포까지 다녀온 아이들이 떠들면서 올라왔다. 아이들에게도 폭포의 절경보다 배를 끌고 가는 쿠야들이 관심사였다.

"일부러 그러는 거야. 그래야 팁을 더 받지."

아이들에게 별거 아니라고 말해주는 사람은 나이가 지긋한 한국 남자였다. 팔짱을 끼고서 도착하는 배를 확인하는 걸 보면 쿠야들을 관리하는 사람인 듯했다. 현아는 경멸스럽게 남자를 흘겼다. 어학원에서도 쿠야나 아테를 하인처럼 부리는 아이들 때문에 눈살이 찌푸려지는 경우가 종종 있었다. 간혹 아이들 문제로 드나드는 부모들 중에 그런 태도가 더 도드라지는 사람들이 많았다. 현아가 하고 싶은 말이 무엇인지 짐작이 갔다.

식당 너머를 보았다. 뙤약볕이라 밖은 그늘조차 없었다. 우리가 타고 왔던 차는 뜨거운 태양 아래 있었는데 운전을 했던 쿠야는 보이지 않았다. 관광지라 음식 가격이 만만치 않아 쿠야가 식당에서 밥을 먹을 리가 없었다. 그럼 쿠야는 어디 있는 걸까. 우리가 관광을 하고 쇼핑을 할 때마다 쿠야는 무얼 하며 시간을 보낼까.

처음으로 궁금한 생각이 들었다.

아이들이 모두 올라온 걸 확인하고 나서 우리는 식당에서 밥을 먹었다. 냉면이나 빙수 같은 시원한 음식이라면 모를까 파리가 날아다니는 야외 식당에서 통 음식이 넘어가지 않았다. 음식을 남기고 나는 식당 밖으로 나왔다.

어느새 나타난 쿠야가 차 문을 열어 환기를 시키고 있었다. 아이들이 식사를 마치는 대로 떠날 채비를 하는 모양이었다.

"쿠야."

내가 부르자 쿠야가 돌아보았다. 언제나 똑같은 얼굴로 나를 향해 웃었다. 쿠야의 눈가에 주름이 잡혔다. 쿠야에게도 나만 한 자식이 있을지 모른다. 어쩌면 쿠야는 생각보다 나이가 많지 않을 수도 있다. 필리핀 사람들은 실제보다 나이 들어 보이는 경우가 많았다. 햇빛에 얼굴과 피부를 그대로 드러내놓고 일하는 사람들이 자신을 돌보기란 쉽지 않을 것이다. 다시 필리핀에 와서 쿠야를 만나 반가운 마음이 들었지만 나는 아직 쿠야의 이름도 몰랐다. 나이가 몇인지, 가족은 몇 명인지, 나랑 비슷한 자식을 키우고 있는지. 그리고 이런 날씨에 어디에서 볕을 피하다 왔는지.

"쿠야, 밥은 먹었어요?"

내가 묻자 쿠야는 크게 고개를 끄덕여 대답했다. 쿠야의 얼굴에서 파올로와 파올로의 아빠 얼굴이 오버랩되었다.

식사를 마친 아이들이 몰려나왔다. 차에 시동을 걸기 위해 쿠야가 운전석 문을 열고 올라타려고 했다. 나는 또 쿠야를 불렀다. 쿠야는 큰 눈을 동그랗게 뜨고 나를 바라봤다. 너는 어떤 한국인이니? 꼭 그렇게 묻는 것 같았다.

나는 들고 있던 음료수 캔을 가만히 쿠야에게 내밀었다. 음료수는 미지근했다. 쿠야가 환하게 웃더니 고맙다고 말하며 음료수를 받았다. 쿠야는 차에 시동을 걸고 나서 미지근한 음료수를 단숨에 마시고 빈 캔을 흔들어 보였다. 햇빛은 강한데 마음 한편이 시려왔다.

14

무단 외출을 할 수 있는 기회가 자주 있는 건 아니었지만 현아와 나는 몇 차례 어학원의 철문을 더 드나들었다. 아무도 눈치채지 못했고 준희의 걱정과 다르게 우리는 무사히 나갔다가 무사히 돌아왔다.

혼자 남은 준희가 신경 쓰이지 않은 건 아니었다. 우리가 어학원을 빠져나가는 모습을 묵묵히 보고 있을 준희의 모습이 마음에 걸렸다. 준희가 원하는 일이 아니었고 거절할 걸 알기 때문에 함께하자는 말을 하지 않았을 뿐이다. 그런데 뜻밖에 현아가 준희에게 다가갔다.

"같이 가자, 이준희."

준희가 현아를 빤히 바라보았다. 현아의 제안이 갑작스러워 놀란 건 나도 마찬가지였다.

"싫어."

예상대로 준희는 단박에 거절을 하고 책으로 주의를 돌렸다. 현아가 준희의 책을 덮었다.

"머리 식히고 오면 공부도 잘된다니까."

"갑자기 나한테 왜 이래?"

"아무튼 애가 의심이 많아. 같이 나가서 바깥공기 좀 마시고 오자는 거잖아."

현아의 말에 준희는 어이없이 웃었는데 어느 정도 마음이 넘어간 듯했다. 끝까지 거절할 거라 생각했기 때문에 준희의 반응은 의외였다. 혹시 우리가 이렇게 다가가주길 기다리고 있었던 건 아닐까 싶었다. 너 없으면 우리도 안 나갈래. 이런 말을 듣고 싶어 했던 걸까.

예전처럼 우리는 나란히 철문을 빠져나왔다. 준희도 전처럼 겁을 내지는 않았다. 오랜만에 나는 준희를 보고 웃을 수 있었다.

셋이 룸메이트가 된 건 얼마 전부터였다. 함께 방을 쓰던 단기 유학생들이 나가자마자 현아는 바로 우리 방으로 들어왔다.

"나, 여기로 이사 오려고. 괜찮지?"

맨 처음 만났던 날처럼 현아는 우리가 대답을 하기 전에 짐을 옮겼다. 부원장한테 겨우 허락을 받고 본관을 벗어난다면서 현아는 새삼스레 잘 부탁한다는 인사를 건넸다. 나는 현아랑 같은 방을 써도 상관없었지만 준희는 달랐다. 현아가 짐을 옮기는 동안 준희는 방을 나갔다.

"부원장한테 가는 거겠지."

현아가 빈 책상에서 책을 정리하다가 손을 멈추었다.

"준희가 나 싫어하는 거 알아. 우리 아빠도 날 좋아하지 않는데, 뭐."

처음으로 속마음을 꺼내는 현아의 말을 나는 묵묵히 들었다.

"버림받은 건 아니지만, 버림받았다는 생각이 들 때가 있어. 가끔은 끔찍하게 싫다가, 또 너무 그립고 보고 싶고."

현아의 말이 무슨 뜻인지 대강 짐작할 수 있었다. 숨기고 싶어 하면서도 드러내고 싶어 하는 모순을. 두 가지 감정 안에서 꿋꿋하게 버텨온 현아의 마음을 헤아려주고 싶었다.

"독방 쓴다고 하면 본관을 나올 수가 없거든. 다른 애들보다 너희가 편해."

현아가 억지로 웃었다. 현아는 마저 책을 정리했고 나는 현아의 짐 정리를 도왔다. 한참 뒤에 들어온 준희의 얼굴이 어두웠다.

"환영회 할까?"

준희의 마음을 풀어줄 겸 내가 말했는데 준희는 딱 잘라 거절했다. 말을 꺼낸 나와 옆에 있는 현아도 무안할 만큼 준희는 드러내놓고 싫은 티를 냈다. 우리 셋의 아슬아슬한 동거는 그렇게 시작됐다.

트라이시클과 지프니를 갈아타면서 우리는 어학원과 점점 멀어졌다. 목적지가 정해져 있는 건 아니었다. 어학원 사람들의 눈에 띄지 않는 곳이면 되었다. 지프니에서 내려서 한참을 걸었다.

"어디까지 갈 거야?"

준희의 목소리가 불만으로 가득 찼지만 현아는 멈추지 않고 걸었다.

현아의 뒤를 내가, 또 그 뒤를 준희가 따라갔다. 주로 차가 다니는 큰길 위주로 걸었지만 인도가 따로 있지 않아 길은 위험했다. 폭이 좁은 도로가 나오면 우리는 길가에 바짝 붙었다. 차와 지프니가 지나갈 때마다 먼지가 일어 앞을 가렸다. 두 갈래로 갈라지는 길 앞에서는 내키는 쪽으로 몸을 틀었다. 복잡한 동네를 지나 인적이 드문 길을 걸어야 할 때도 있었다. 그럴 때는 우리에게 머무는 현지인들의 호기심 어린 시선이 느껴졌다. 위험한 곳이라는 얘기를 수없이 들었음에도 겁이 나지 않았다. 우리의 모습이 그들에게 위협적으로 보이지 않기 때문에, 반대로 그들도 우리에게 위해를 가하지 않을 거라는 믿음이 있었다.

거리를 걸으면서 나는 많은 것들을 눈에 담았다. 숨이 막히게 더울 때면 그늘에서 잠시 해를 피하거나 과일을 사서 목을 축였다. 미지근하고 달착지근한 과즙이 목구멍으로 넘어가는 순간은 달콤했다. 걷고 걸어도 목적지가 없어 결국은 제자리로 되돌아가야 한다는 걸 알지만 우리는 갈 수 있는 곳까지 멈추지 않고 걸었다.

"지금 뭐하는 거야?"

이번에도 준희가 먼저 걸음을 멈추었다. 준희는 우리의 행동을 이해하지 못했다. 아까운 시간을 길바닥에 버리러 나왔냐면서 따졌다.

"이러고 다니다가 부원장 눈에 띄기라도 하면 어쩌려고 그래?"

"잘리기밖에 더 하겠어? 그건 내가 바라는 거고."

현아의 대꾸에 준희는 어이없게 웃었다.

"조금만 더 가면 쉴 수 있어. 거기서 숨 좀 돌리고 돌아가자."

현아가 말투를 바꾸어 준희를 달래자 준희도 겨우 입을 다물었다.

지프니를 탈 수 있는 곳까지 와서 우리는 땀을 식혔다. 주변에 있는 현지인들이 우리를 흘끗거렸고 준희는 그런 상황이 불편해 보였다. 잠시 준희와 눈길이 마주쳤지만 나는 곧 준희를 외면했다. 준희가 하려는 얘기는 듣지 않아도 알 수 있었다.

새해가 되고 4학기가 시작되자마자 나는 지쳐버렸다. 크리스마스 방학에 서울에 가는 걸 포기하는 대신 여름방학에는 틀림없이 서울행 비행기를 탈 거라고 믿었다. 달력에 표시를 하면서 날짜가 줄어들기를 기다렸지만 내가 서울에 가는 걸 기다리는 사람은 나밖에 없었다.

3월이면 고2야. 고2는 고3이랑 마찬가지래. 그게 뭔 소리니? ㅠㅠ

서울 친구들의 대답에서 나는 거리감을 느꼈다. 내가 가도 함께 하기가 힘들다는 말로 들렸다. 친구들이 그립고 보고 싶던 마음이 눈처럼 사라졌다.

서운함이 커서 그랬는지 나는 옆에서 준희가 하는 말도 귀에 들어오지 않았다.

"진아, 부원장한테 얘기해볼까? 현아는 다른 방 쓰게 해달라고."

"나는 상관없다니까."

귀찮다는 듯이 내가 말해도 준희는 끈질기게 나를 설득하려 들었다.

"차라리 우리가 방을 옮기자, 응?"

"불편하면 너나 옮겨."

나도 모르게 확 짜증을 내버렸다. 짜증을 내지 않고는 견딜 수가 없었다.

학교에서도 겉돌고 있는 준희 곁에서 나까지 지쳐갔다. 공연 때의 일로 틀어진 아이들과의 관계가 모두 준희 탓인 것처럼 여겨졌지만, 정작 준희는 아이들의 차가운 태도나 비아냥거림을 흘려보냈다. 마지막 학기를 마치고 나면 또다시 학교와 어학원 생활을 반복해야 한다는 것도 까마득했다. 시간은 더디 흘렀고 준희는 자꾸만 나를 붙잡았다. 이제는 준희와 무얼 해도 마음을 나눌 수 없었다. 준희가 원하는 것과 내가 하고 싶은 일은 달랐다.

발갛게 익은 얼굴을 두 팔에 묻었다. 주변에서 시선을 거두자 내가 있는 곳이 어디인지 와 닿지 않았다. 시간이 멈춘 듯했다. 아무 일도 일어나지 않는 침묵의 시간.

크리스마스를 보냈던 농장에 강도가 들었다는 얘기를 들은 건 얼마 전이었다. 다행히 다친 사람은 없었고 강도는 현장에서 잡혔다고 했다. 강도가 농장의 일꾼 중 한 명이라는 말을 듣고 나도 모르게 가슴이 내려앉았다. 파올로가 부르던 노랫소리가 들렸다. 여전히 파올로의 노래가 농장에 울려 퍼지기를, 강도 사건이 파올로와 파올로의 아빠와는 상관없는 일이기를, 나는 아주 간절히 바랐다.

툭툭 누군가가 팔을 쳐서 고개를 들어보니 현아가 내 앞으로 손을 내밀었다. 처음에 나는 현아의 손에 있는 것이 무엇인지 금방 알아차리지 못했다. 작고 둥근 것, 발룻이었다. 말없이 내미는 현아의 손에서 나는 발룻을 받아 들었다.

작은 알이 내 손에 들어왔다. 순간, 발룻을 먹던 현아의 모습과 노래하는 파올로의 얼굴이 하나씩 떠올랐다. 나는 발룻의 껍데기를 벗겨냈다. 채 완성되기 전에 죽어버린, 살아 숨 쉰 적이 없는 새끼 오리. 이제 막 생기기 시작한 날개와 살이 붙지 않은 몸통이 드러났다. 세상 밖으로 나오지 못한 채 서서히 죽어갔을 생명체.

나는 천천히 발룻을 입으로 가져갔다. 한입 베어 물자 비릿한 냄새가 올라왔다. 혀끝에 닿을 새도 없이 나는 입안의 것을 그대로 삼켜버렸다. 두번째 발룻을 입으로 가져갈 때에 준희와 눈이 마주쳤다. 준희는 고개를 든 채로 내가 하는 행동을 멍하니 보고 있었다. 전처럼 헛구역질을 하지는 않았다. 두번째와 세번째는 처음보다 오래 씹어 삼켰다. 물컹거리는 느낌이 들었지만 생각보다 참을 만했다. 상상했던 것보다 괜찮았다.

현아는 준희에게도 발룻을 건넸다. 자리에서 일어난 준희가 한 걸음 물러섰다.

"받아들이고 나면 그다음은 쉬워. 정말이야."

현아가 말하면서 손을 준희의 앞으로 더 내밀었다. 준희가 잔뜩 얼굴을 구기며 주춤거렸다.

"그렇게 뒷걸음질 치지 말고 먹어봐. 이건 진짜 아무것도 아닌 거야."

"나한테 진짜 왜 이러는 건데!"

"현아야!"

내가 현아의 팔을 잡으려고 손을 뻗은 것과 동시에 준희가 소리를 지르면서 현아의 손을 쳐냈다. 그 바람에 현아가 들고 있던 발롯이 바닥에 떨어졌다. 데굴데굴 구른 발롯이 누군가의 발에 맞고서 멈추었다. 얼굴이 그을린 필리핀 남자는 발치에 있는 발롯과 우리를 번갈아 보았다.

준희는 현아를 확 밀치고 나서 우리가 왔던 길을 성큼성큼 걸어 올라갔다. 내가 따라가 준희를 붙잡았지만 준희는 내 손도 거칠게 뿌리쳤다.

"따라오지 마."

나를 향한 준희의 눈이 매섭게 빛났다. 나는 준희를 잡지 못했고 준희는 먼지가 나는 길을 빠르게 걸었다.

"왜 그랬어?"

내 말에도 현아는 대답 없이 준희의 뒷모습만 보았다. 준희가 멀어져 보이지 않을 때까지 움직이지 않고 한참을 그렇게.

지프니 몇 대를 그냥 보내고 나서야 우리는 자리를 떴다. 지프니 안에서 좁은 통로를 사이에 두고 마주 앉아 현아와 나는 왔던 길을 되돌아갔다. 혹시나 걸어가고 있는 준희와 만나지 않을까 밖을 살폈다. 리모컨이 현아에게 있어 준희가 어학원 안으로 들어가려면 누군가의 도움을 받아야 했고, 이대로 우리의 무단 외출이 알려질 수도 있었다. 준희가 어학원 근처에서 우리를 기다려주기를 바랐지만, 어학원이 가까워질수록 어쩐지 그런 기대는 점점 희미해져갔다.

15

우리보다 먼저 움직였던 준희는 어학원으로 돌아오지 않았다. 준희가 도착하지 않았다는 걸 알고 철문 앞에서 준희를 기다렸지만 어스름이 어둠으로 바뀔 때까지 문을 두드리는 사람은 없었다.

“도대체 어디로 간 거야?”

현아가 초조하게 말하면서 철문 앞을 서성였다. 고개를 바짝 세운 망고가 우리 쪽으로 다가왔다. 느린 걸음으로 오다가 어느 정도 거리를 두고는 같은 자리를 맴돌았다. 현아가 망고 앞에 쭈그려 앉았다.

“너도 모르니? 준희가 어디 있는지.”

현아가 걱정스레 중얼거렸다. 걸어왔어도 벌써 도착했어야 할 시간이 지나자 나는 더럭 겁이 나기 시작했다.

급기야 원장 부부가 외출에서 돌아왔다. 철문이 열릴 때 현아가

자리에서 벌떡 일어섰고 망고는 빠르게 계단 뒤편으로 사라졌다. 짧은 순간 현아와 내 눈이 불안하게 부딪쳤다.

"왜 여기 있어?"

차에서 내리자마자 부원장이 물었다. 부원장은 우리 얼굴에서 단번에 일이 생겼다는 걸 알아차렸다. 현아는 괴로운 얼굴로 머리를 쓸어내리면서 부원장에게 사실대로 털어놓았다. 얘기를 듣는 동안 부원장의 안색이 차츰 변해갔다.

"넌 나중에 보자."

부원장은 현아에게 한마디를 남겼다. 나를 향해서도 못마땅한 눈치를 주었지만 준희를 찾는 일이 우선이라 부원장은 다급하게 움직였다.

"진짜였어. 준희랑 같이 나가고 싶었던 거."

변명처럼 말하는 현아의 얼굴은 두려움과 당혹감으로 가득 차 있었다.

"알아. 별일 없을 거야."

내가 주문을 외우듯 대꾸했다.

퇴근을 한 쿠야들까지 어학원으로 돌아왔다. 매니저와 쿠야 들이 팀을 나누어 준희를 찾아 나섰고 원장은 목사님에게 전화를 걸었다.

한밤중에 어학원이 발칵 뒤집혔다. 밤이라는 게 더 문제였다.

"여기가 얼마나 위험한지 몰라?"

부원장의 앙칼진 목소리가 우리를 몰아붙였다. 민우 선생님이 차에 타기 전에 내 어깨를 두드려주었다. 괜찮을 거야,라는 눈빛이었다. 왈칵 울음이 나올 것 같아 나는 입술을 깨물었다.

무슨 일이라도 생기면 모든 책임은 우리에게 있었다. 하지만 진짜 문제는 준희였다. 준희만 무사히 돌아온다면 나는 어떤 벌을 받아도 상관없었다. 아무 일 없이 준희만 돌아와준다면.

방 안에서 준희의 소식이 있기만을 기다렸다. 나는 안절부절못하며 서성였고 현아는 창가를 지켰다. 시간이 흐를수록 초조해졌지만 쿠야와 매니저 들에게서 준희를 찾았다는 연락은 오지 않았다.

준희가 어학원으로 돌아온 건 늦은 밤이 되어서였다.

"리사가 왔어!"

아테의 목소리에 나와 현아는 밖으로 뛰어나갔다. 계단을 내려가는데 가슴 한편이 아려왔다. 아픈 건지 기쁜 건지 모를 감정이 일었다.

준희를 데리고 들어온 건 민우 선생님이었다. 길을 잘못 들어 헤매던 준희가 가까스로 어학원 근처까지 와서야 민우 선생님이 발견했다는 것이다. 샌들을 신은 준희의 발은 먼지와 흙이 잔뜩 묻어 있었다. 더위와 피곤에 지친 얼굴은 반쯤 넋이 나간 채였고 얼굴은 땀인지 눈물인지 모를 자국으로 얼룩져 있었다.

"괜찮은 거지? 별일 없었지?"

부원장이 준희를 잡고 묻자 준희의 몸이 힘없이 흔들렸다.

"종일 걸어서 기운이 빠진 모양이에요."

민우 선생님이 대신 대답했다. 걱정 말라는 뜻인지 민우 선생님은 내게 희미하게 웃어주었다.

"준희야."

불러놓고도 나는 준희에게 어떤 말도 꺼낼 수가 없었다. 현아도 자리만 지킬 뿐 준희에게 다가가지 못했다. 우리가 앞에 있다는 걸 알면서도 준희는 우리에게 눈길을 주지 않았다. 준희가 처음으로 한 행동은 망고에게 손을 내민 것이었다. 어느새 준희 곁에 다가와 몸을 비비던 망고를 준희는 가만히 끌어안았다. 잔뜩 몸을 웅크린 준희의 어깨가 떨렸다.

매니저들의 부축을 받고 준희가 방으로 올라간 뒤에 부원장은 바로 현아와 나를 불러들였다. 현아가 부원장 앞에서 고개를 숙이는 모습을 처음 보았다. 부원장은 화가 풀리지 않는지 서서 부채질을 해댔다.

"여기서는 내가 엄마나 마찬가지야. 알지?"

부원장이 목소리를 깔았다. 그러더니 부채질을 멈추고 우리의 맞은편에 앉았다.

"알아서 잘할 거라고 믿고 자유 시간을 더 준 건데, 너희가 이렇게 행동하면 믿고 배려해준 내가 뭐가 되니? 부모님한테는 또 뭐라고 하고?"

"아무 말씀 안 하시면 되잖아요."

현아가 대꾸하자 부원장은 어이가 없는지 코웃음을 쳤다. 부원장이 최대한 화를 누르고 있다는 게 느껴졌다.

"현아는 올라가 있어."

부원장의 말이 떨어지자마자 현아는 일어서서 2층으로 올라갔다. 현아는 당장 본관 기숙사에서 나갈 수 없게 되었다. 쿵쿵거리며 현아가 올라가고 나자 한동안 부원장의 거친 숨소리만 들렸다.

"김이진, 고개 들어."

부원장의 목소리는 아까보다 누그러졌어도 얼굴은 아직도 화가 가시지 않은 표정이었다.

"현아는……"

부원장이 숨을 골랐다.

"재 아빠를 봐서 데리고 있는 거야. 아주 골칫덩어리야. 새 시즌 시작되고 유학생들 몰려올 때마다 내가 아주 머리가 아파."

부원장은 두 손가락으로 양쪽 머리를 꾹꾹 눌렀다. 이어진 부원장의 말을 나는 가만히 듣고만 있었다. 너처럼 반듯한 애가 현아 같은 애랑 어울려 다녀서야 되겠냐면서 부원장은 내 손을 잡아끌었다. 현아 같은 애, 부원장의 말을 속으로 곱씹었다.

"이번 일은 넘어갈 거야. 대신 다시는 안 돼. 너, 여기가 얼마나 위험한 줄 몰라? 준희한테 무슨 일이라도 생겼으면 어쩔 뻔했니?"

"죄송해요."

나는 겨우 입을 열었다. 자리를 빨리 뜨고 싶다는 생각이 들었다. 부원장은 현아 말대로 책임감이 강하고 아이들의 관리도 철저히 했다. 분명 나쁜 사람은 아닌데 이상하게 나는 부원장과 함께 있는 자리가 싫었다.

"현아 문제는 곧 해결할 거야."

부원장의 말을 뒤로하고 본관을 빠져나왔다.

현관문을 열고 나오자 난간에 앉아 있던 망고가 일어났다. 난간 가장자리를 타고 걷다가 나를 보더니 작고 가느다랗게 우는 소리를 냈다. 단순히 우는 소리가 아닐지도 모른다. 망고는 나에게 뭔가 말을 걸고 있는지 모르지만 내가 그런 걸 알 리가 없었다.

준희를 마주할 용기가 나지 않았다. 우리를 탓하면 변명이라도 할 텐데 준희는 입을 닫았다. 혼자서 지프니나 트라이시클을 타는 것도 싫었을 것이고 필리핀 사람들에게 도움을 청하느니 혼자서 걷는 쪽을 택했을 게 분명했다. 길을 잘못 들어서고 어둠이 내리면서 준희가 느꼈을 두려움이 어땠을지 짐작할 수 있었다. 나는 준희에게 다가가는 게 어려워졌다. 내가 어떤 말을 해도 준희는 나와 현아를 원망할 것이다. 발롯을 먹던 나를 준희는 받아들일 수 없을 테니까.

준희가 있는 별관 기숙사로 향하는 발걸음이 무거웠다.

16

강당 안은 사람들로 꽉 차 있었다. 빈자리를 찾는 동안 졸업생들의 입장이 시작되었고 사람들은 자리에서 일어나 박수로 졸업생들을 맞았다.

내가 먼저 앞쪽 가장자리에 앉았고 준희는 내 앞에 앉았다. 졸업생들의 입장을 보려고 고개를 빼 들어도 우리가 있는 곳에서는 그 모습이 잘 안 보였다.

졸업 가운을 입고 학사모까지 쓴 학생들의 차림은 대학 졸업식을 방불케 했다. 긴장과 설렘이 가득한 졸업생들의 표정. 언젠가 내가 겪게 될 순간이지만, 남은 시간이 너무 멀게 느껴져 현실감이 없었다. 하루와 일주일, 한 달도 내게는 마찬가지였다. 얼마의 시간이 흘렀는지, 어느 만큼의 시간이 남았는지 가늠이 되지 않았다.

입장을 마친 졸업생들이 반별로 앉았고, 본격적인 졸업식이 진행되었다. 졸업생 중에 어학원생이 두 명이었다. 졸업하는 아이를 위해 부원장은 꽃다발을 준비했고 매니저들은 졸업식 장면을 카메라에 담았다.

어학원 사람들 대부분이 졸업식에 참석했으나 현아는 오지 않았다. 학교에 다니지 않는 현아가 졸업식에 끌려왔을지도 의문이지만 그런 걱정은 할 필요도 없었다. 현아는 당분간 목사님 댁에서 지내야 하는 처분을 받았다. 무단 외출과 기숙사 내 흡연을 이유로 부원장은 현아를 또다시 유배시켰다.

갑자기 방에 들이닥친 부원장은 현아의 소지품을 뒤져 담배를 찾아냈다.

"도저히 그냥 넘어갈 수가 없겠다."

부원장은 현아 앞으로 담배를 흔들어대며 소리쳤다.

부원장이 담배 위치까지 속속들이 알고 있는 이유는 묻지 않아도 짐작이 갔다. 부원장이 들이닥쳤을 때 준희는 방에 없었다. 준희가 아닐지도 모른다. 방음이 되지 않아 조용조용한 말소리도 옆방까지 새어 나갔다. 바로 옆방을 매니저들이 쓰기 시작하고 나서부터는 비밀이 없어졌다. 가능하면 우린 입을 닫았고 말소리를 죽였지만, 우리 방에서 일어나는 일들을 매니저들이 알고 있고 부원장 귀에까지 들어갔을 수도 있었다. 그렇더라도 숨겨놓은 담배 위치까지는 설명할 수 없었다.

현아는 변명하지 않고 부원장의 결정에 따랐다.

"한두 번 겪는 일도 아닌데 뭐."

그러고는 아무렇지 않게 짐을 꾸렸다.

"나 없으면 준희가 좋아하겠지?"

현아가 허탈한 얼굴을 했다. 나는 현아가 곧 돌아올 거라 믿었고 현아도 조만간 보자는 인사를 남기고 기숙사를 나갔다.

현아가 나간 방이 휑하고 넓게 느껴졌다. 준희가 들어온 뒤에 나는 아무 말도 묻지 못했다. 물어도 준희가 제대로 대답을 해줄 리도 없었고 자칫하다가는 준희와 다툴 것 같았다. 이어폰을 귀에 꽂고 볼륨을 높였다.

아마도 준희에게 나는 현아와 함께 자기를 괴롭힌 공범일 것이다. 조금 억울했지만 준희에게 해명하고 싶지 않았다. 상황을 이렇게 만든 데에는 준희에게도 책임이 있었다. 무단 외출을 했던 날, 혼자 움직인 건 준희의 선택이었고 어학원까지 꿋꿋하게 걷는 방법을 택한 것도 준희였다.

준희를 찾지 못했더라면 어떻게 되었을까 몸서리를 치다가도 준희 때문에 모든 일이 엉망이 되었다는 사실을 떨칠 수가 없었다. 탈진하다시피 누워 잠이 들었던 준희는 다음 날 일어나서 평소처럼 학교에 갔고 수업을 받았다. 나는 준희에게 사과할 필요가 없었고 준희도 내게 따져 묻지 않았다. 아무 일도 일어나지 않은 듯이 시간은 계속 흘러갔다.

창문 너머로 시선을 돌렸다. 더운 날에 열리는 졸업식은 처음이었다. 내가 기억하는 졸업식 풍경은 두 번이었다. 유치원과 초등학교. 중학교는 졸업식 전에 필리핀에 왔기 때문에 친구들과 사진

한 장도 남기지 못했다. 졸업식에 가지 못한 나를 위해 친구들이 함께 찍은 사진을 보내주었다. 사진 속 친구들의 모습이 행복해 보였다.

내가 경험하고 알고 있는 일들이 지금 있는 세계와 너무도 달랐다. 갑자기 코끝이 시큰해졌다. 친구들과 함께하지 못한 졸업식이 그리워서, 더운 졸업식이 실감 나지 않아서. 저만치 멀어진 것들에 다가갈 수가 없어서.

"방학 때는 엄마가 가는 게 어떻겠니?"

엄마는 이번에도 나에게 결정권을 주는 것처럼 물었다.

크리스마스 방학이 지나고 나서부터는 한국에 갈 거라는 기대도 많이 시들었다. 고2는 고3이나 마찬가지라며 연초부터 앓는 소리를 하는 유미와 소영이에게 나는 달갑지 않을지 모른다. 학교와 학원, 보충수업과 자율학습으로 지쳐 있는 친구들과 할 수 있는 일은 많지 않을 것이다. 그래서인지 엄마 말을 듣고도 나는 크게 실망하지 않았다.

"시간이 많지 않아. 미국 가려면 토플 준비도 해야지."

엄마의 말에 나는 작게 대답을 하고 전화를 끊었다. 엄마는 벌써부터 내가 갈 대학을 알아보는 중이었다. 졸업을 하면 다시 시작이었다. 낯선 세계에서 낯선 사람들과 함께하는 생활. 대학은 다를까. 미국이라면 조금 나을까. 아마 달라지는 건 없을 것이다. 내가 나인 이상은.

강당의 대형 스크린에 졸업생의 사진과 이름이 떠올랐고 호명

된 학생은 단상으로 올라갔다. 낮게 깔린 음악을 배경으로 출신 지역과 이름이 마이크를 타고 강당 안에 울렸다. 키가 작은 여자 교장 선생님은 졸업생들을 일일이 안아주고 축하의 말을 건넸다. 교장 선생님 뒤에 일렬로 선 선생님들도 졸업생들과 악수를 했고 특별히 인연이 있는 학생은 안아주며 애정을 드러냈다. 출산을 앞두고 한동안 보이지 않던 에이밀 선생님도 부른 배를 하고서 졸업식에 참석했다. 학생 여럿이 에이밀 선생님과 한참 인사를 나누었다.

한국 학생이 단상에 올라갔다. 강당 안에 "From Korea"라는 말이 울리자 갑자기 눈물이 차올랐다. 눈물이 나는 이유를 설명할 수 없었다. 내가 생각해도 이해가 안 되는 사소한 일들에 눈물이 고였다. 누가 바보 같은 내 모습을 볼까 봐 서둘러 천장을 보았다.

행복은 내가 있고 싶은 곳에 있는 것이다. 그런데 내가 있고 싶은 곳이 어디인지 헷갈리기 시작했다. 그런 곳이 있기나 한 건지 그것조차 알 수가 없었다. 모든 게 나를 위해 결정된 일이고 주변 사람들도 나를 위해 노력하고 있다는 걸 알지만, 정작 나는 아무런 확신이 서지 않았다. 내가 할 일과 하고 싶은 일에 대해서, 그리고 내 행복에 대해서도.

합창단의 노래와 연주, 졸업생들의 교가 제창 등으로 세 시간이나 이어지던 졸업식은 시작할 때처럼 졸업생들의 퇴장으로 끝을 맺었다. 강당의 중앙을 가로질러 가는 졸업생들을 향해 사람들은 박수를 치며 환호를 보냈다.

강당 밖으로 나와서 그늘을 찾았다. 사진을 찍는 졸업생과 사람들 사이를 비집고 한적한 곳으로 자리를 옮겼다. 준희는 줄곧 무표정한 얼굴이었다. 아직도 내게 화가 난 걸까. 나도 준희를 내버려두었다. 어쩔 수 없이 동원된 졸업식에서 주인공도 들러리도 아닌 상황이 어색하기만 했다.

"김이진!"

민우 선생님이었다.

"표정이 왜 그래?"

나는 겨우 웃음을 지었다.

"내가 준 이어폰은 안 써?"

"썼어요."

"못 봤는데."

"방에서 들었어요."

민우 선생님이 고개를 끄덕였다. 먼 곳을 바라보는 민우 선생님의 옆모습을 흘끗거렸다. 처음보다 얼굴이 많이 그을려 보였다. 아니, 처음부터 그랬던 것도 같았다.

"넌 잘할 거야."

민우 선생님의 말은 뜬금없었다. 졸업 때까지 열심히 하라는 격려의 말일까. 민우 선생님의 머리 위로 졸업생들의 얼굴이 새겨진 현수막이 펄럭였다.

민우 선생님이 내게 그런 말을 한 이유를 식당에 가서야 알게 되었다. 졸업식을 기념하는 외식을 하러 우리는 마닐라까지 나갔다. 전 같으면 들떴겠지만 나는 하루 종일 무덤덤하게 일정대로 움직였다. 준희도 말이 없는 데다가 현아도 없었고 졸업식 내내 기분이 울적해 마닐라에 가는 것도 내키지 않았다.

뷔페 음식을 거의 먹고 테이블마다 돌아다니는 가수의 연주와 노래를 들은 뒤였다.

"인사해야 할 사람이 세 명이네. 졸업생 두 명하고 이민우 샘."

부원장의 말에 나는 머릿속이 하얘졌다.

"민우 샘 한국 가서 복학해?"

"배낭여행 한다면서?"

민우 선생님에게 질문과 관심이 쏟아졌다. 식사 자리에는 튜터들도 합류를 했는데, 매니저와 튜터 들은 민우 선생님이 떠난다는 걸 알고 있었던 모양이다. 그러고 보니 자넷 선생님이 보이지 않았다.

하루 종일 무겁게 내려앉았던 기분은 결국 이런 이야기를 듣기 위해서 준비를 하고 있었던 건지도 모른다. 크리스마스 때 민우 선생님이 내게 손을 건넨 일을 나는 두고두고 떠올렸다. 그날 손을 잡았더라면, 후회가 되다가도 왜 내게 손을 내밀었는지 이유가 궁금해 당장이라도 가서 묻고 싶었다. 그러면서도 나는 민우 선생님에게 다가가지 못했다. 때로는 누군가의 존재만으로도 위안이 되는 경우가 있었고 그걸로 나는 만족했다. 넌 잘할 거야,라는 말은 인사였던 셈이다.

민우 선생님이 준 이어폰을 만지작거리다가 서랍에 넣었다. 민우 선생님의 송별회를 위해 매니저들은 마닐라에 남아 옆방도 조용했다.

방문이 열리면서 준희가 들어왔다. 얼핏 돌아보았다가 나는 놀라 자리에서 일어섰다. 준희가 조용히 하라면서 검지를 입술에 갖다 대더니 바닥에 망고를 내려놓았다.

"안으로 데리고 들어오면 어떡해?"

"자기 전에 내보낼 거야. 망고랑 있고 싶어."

"이준희! 여기 너 혼자 쓰는 방 아니잖아."

내가 짜증을 부리자 준희는 망고를 잡은 채로 나를 빤히 올려다보았다.

"그건 내가 늘 하던 말이지."

준희가 표정도 변하지 않고 말했다. 순간 나는 준희의 눈빛에 소름이 돋았다. 원망과 비아냥거림이 섞인 눈빛. 넌 나한테 더한 짓도 했잖아. 준희의 눈이 말하고 있었다. 망고를 쓰다듬는 준희의 손길이 거슬렸다. 준희의 품에서 갸르릉 소리를 내는 망고도.

신발을 신고 밖으로 나오는데 가슴이 북받쳤다. 정원으로 나와 숨을 크게 들이마셨다. 몇 번을 되풀이해도 답답했다. 오늘만큼은 준희에게 속을 터놓을 수 있을지도 모른다고 생각했다. 준희가 망고를 데리고 들어오기 전까지만 해도.

무슨 말이든 하고 싶었다. 민우 선생님에 관한 얘기가 아니라도 상관없었다. 졸업식에 관해서도 좋고, 방학에 관한 얘기도 좋았다. 지난번 일은 나도 미안했다고 사과도 할 수 있었다.

"괴롭히려는 거 아니야."

준희에게 왜 그랬느냐는 내 말에 현아가 한 말이었다. 내가 현아를 이해할 수 있었던 건 발룻을 먹던 현아의 모습이 생생하게 기억나서였다. 한국인이면서도 한국인이 아닌 것 같은 이질감. 그런 기분이 현아에게 미안하면서 현아를 이해하게 만들었다. 어떻게든 필리핀을 받아들이게 하고 싶었던 건 현아가 스스로 인정받고 싶었기 때문은 아니었을까. 현아는 준희도 그래 주기를 바랐던 건 아니었을까. 그런 얘기들을 꺼내놓고 싶었다. 무심코 올려다본 밤하늘이 쓸쓸했다.

정원을 거닐다가 방으로 들어오자마자 나는 자리에 누웠다. 언제 내보냈는지 망고는 없었다. 작게 도마뱀 소리가 들렸다.

"진아…… 자?"

나지막이 묻는 준희의 음성. 나는 자는 척했다. 입가에 맴돌던 말들은 정원을 돌면서 묻은 뒤였다. 내가 대답을 하지 않자 준희도 불을 끄고 잠자리에 들었다.

탕탕.

설핏 잠이 들었다가 깨어났다. 잠결에 놀란 가슴이 쿵쿵 울렸다. 두 번의 총성 이후에 잠잠해진 어둠. 처음 총소리를 들었던 날, 당장 괴한이 들이닥쳐 우리에게 총을 들이댈 것 같아 준희와 나는 벌벌 떨었다. 우리와 상관없는 일이고 어학원은 안전하다고 믿으면서도 그날 밤은 쉽게 잠이 들지 못했었다.

아래층에서 문이 열리고 닫히며 웅성거리더니 곧 조용해졌다. 준희가 뒤척였지만 나를 부르지는 않았다.

누군가가 총에 맞았을지 모르는 밤. 누군가가 세상을 떠났을지 모르는 시간. 나는 이제 그런 일에도 아무렇지 않게 잠으로 빨려 들어갔다.

17

한 아이가 바닥에 쌓인 눈을 그러모아 다른 아이에게 던졌다. 퍽 소리를 내며 아이의 등 뒤에서 눈이 부서졌다. 아이들은 금세 눈을 뭉치고 뿌리면서 눈싸움을 시작했다. 피식 웃음이 나오다가 멈추었다.

할 수만 있다면 아주 잠깐이라도 눈을 선물하고 싶었다. 진짜 눈을 보고 즐거워할 사람들의 모습은 상상만으로도 따뜻해졌다.

"김이진?"

정신을 차리고 보니 나연이가 내게 오고 있었다. 내가 웃어 보이자 나연이도 손을 흔들었다. 건물 입구에서 또래 아이들이 쏟아져 나왔다.

나연이를 만날 수 있을지 확신할 수 없었다. 무작정 메시지를 보내고 무작정 학원으로 가는 버스를 탔다. 다행히 학원에 도착하기 전에 나연이에게 답장이 왔다. 조금 의아해하면서 나연이는 학원이 끝나는 시간을 알려주었다.

어지럽게 발자국이 나 있는 거리에 서서 나연이가 나오기를 기다렸다. 나연이에게서 아무것도 알아내지 못할지 모른다. 나연이는 준희를 기억조차 못할 수도 있었다. 그러면서도 나는 무슨 말이든 준희에 대한 얘기를 듣게 되기를 바랐다. 내일이면 크리스마스였고 시간이 없었다.

"필리핀 갔다더니 언제 왔어?"

나연이는 나를 보자마자 필리핀 얘기를 꺼내더니, 내가 뭘 물을 사이도 없이 질문을 해댔다. 영어 실력은 많이 좋아졌는지, 대학은 어디로 갈 건지. 사람들이 나에 대해 알고 싶어 하는 것들은 다 비슷했다.

따뜻한 코코아를 사 들고 나연이의 집 방향으로 걸었다. 나는 나연이가 궁금해하는 것들을 이야기해주었다. 대화가 겉돌거나 어색한 기운이 느껴질 때마다 코코아를 마셨다. 단맛이 입안 가득 퍼졌다. 한 무리의 아이들이 지나가면서 왁자지껄하게 떠들었고 잠시 우리의 대화가 멈추었다.

"나 찾아온 이유가 뭐야?"

나연이가 물었다. 필리핀에 간 뒤로 나연이와는 따로 연락을 하고 지낸 사이가 아니었는데, 갑자기 찾아온 나를 만나준 것만으로도 고마웠다.

"혹시 이준희라고 알아?"

내가 준희의 얘기를 꺼내자 코코아를 입으로 가져가던 나연이가 눈을 크게 뜨며 생각에 잠겼다.

"너랑 같은 중학교에 다닌 애야. 키는 나보다 좀 작고 단발머리에……"

"어, 알아."

내 말이 끝나기 전에 나연이가 대답했다. 중학교 2학년 때 옆 반이었다는 사실을 떠올렸는데 그 얘기를 하면서 나연이는 스스로 신기하게 여겼다.

"생각해보니 그랬네."

나연이는 말하면서 어깨를 흔들며 웃었다. 깨끗하게 사라졌던 기억이 나로 인해 떠오른 거였다. 하지만 불행히도 거기까지였다. 나연이의 기억에서 준희는 크게 각인된 일이 없었다. 나연이는 이 준희라는 애가 있는 정도로만 알고 있었다.

"미안한데 별로 해줄 얘기가 없어. 그냥 얼굴만 아는 애였거든."

"그래도 잘 생각해볼래? 아까처럼 잊었던 일이 생각날 수도 있잖아. 준희는 누구랑 친했어? 집은 어딘지 몰라?"

내가 연달아 묻자 나연이는 웃음을 터뜨렸다.

"개가 너한테 뭐 잘못했어? 여기까지 찾아와서 그런 걸 묻게."

필리핀에서 함께 있었고 준희가 먼저 한국으로 돌아왔는데 연락이 되지 않는다는 말로 둘러댔다. 나연이는 준희가 필리핀에 간 사실은 모르고 있었다.

"내 친구랑 같은 반이었는데…… 아, 내 친구도 준희랑 별로 안

친했어. 걔네 반에 체육복 빌리러 갔을 때 몇 번 봤거든. 친구랑 앞뒤에 앉아서."

잠깐 말을 멈춘 나연이는 옆이었나?라면서 중얼거렸다.

"아무튼 그게 다야. 친구가 체육복이 없어서 그 애 걸 빌린 적이 있는데 거기 이름이 써 있더라고. 중성적인 이름이라 기억에 남았던 거야. 졸업 때까지 지나가다 만나면 눈인사 정도는 했어."

"혹시 다른 소문은 들은 거 없어? 누굴 괴롭혔다거나 하는 얘기."

나연이가 하나라도 더 떠올리기를 바라면서 나는 조심스럽게 물었다.

"누가 누굴 괴롭혀?"

나연이가 아까처럼 눈을 크게 떴다.

"준희가 같은 반 친구를."

"그런 일이 있었다면 친구가 얘기를 해줬을 텐데 전혀 들은 게 없어. 이준희도 늘 얌전히 공부만 했고. 별로 눈에 띄는 애가 아니었거든. 그러고 보니 친구가 없는 거 같기는 했어. 거의 혼자 다녔으니까. 화장실 갈 때도, 수업 끝나고 나올 때도."

나연이의 눈이 기억을 더듬었다.

"따돌림이라도 당한 건가?"

"아니야. 내 친구하고 얘기하는 것도 몇 번 봤어. 친하지 않아서 그렇지."

나연이는 확신했다.

지금까지 나는 소영이에게 들었던 얘기를 사실로 받아들이고 있었다. 혹시 나연이가 준희를 알게 된 시점이 훨씬 뒤라서 모르는 건 아닐까. 아니면 나연이가 어느 한 부분만을 기억하는 건 아닐까. 하지만 반대일 수도 있었다. 소영이가 들었다는 얘기가 잘못된 얘기일 수 있는 가능성. 누군가의 얘기가 와전되었거나 오해가 생겼던 건지도 모른다. 진실을 알고 있는 건 준희뿐이었다.

"어쨌든 만나서 반가웠어."

나연이는 추운지 몸을 부르르 떨며 인사했다. 나연이가 아파트 단지로 들어설 때까지 기다렸다가 나는 걸음을 옮겼다.

생각보다 나는 준희에 대해 아는 게 없었다. 얼굴과 이름, 나이, 그리고 필리핀에서 지켜본 준희의 모습들. 늘 곁에 있어서 많은 걸 알고 있다고 여겼지만, 모두 나의 착각이었다. 준희를 알고 있는 사람들의 얘기는 다 달랐다. 소영이, 나연이, 그리고 내가 본 준희의 모습까지. 가짜 눈을 진짜라고 믿었던 건 아닐까.

함께 지내며 겪었던 일만으로 준희를 안다고 할 수 없었다. 내 눈에 비친 준희의 모습이었고 내 머릿속에서 정리하고 받아들인 준희였다. 나는 마음대로 준희에 대해 생각하거나 준희에 대한 일들을 해석해왔다.

준희를 만나지 못하고 필리핀으로 돌아갈 자신이 없었다. 준희를 만나지 못한다면 남은 시간 동안 그곳을 견딜 수 없을 것 같았다. 시간을 뒤로 돌릴 수 없다면 이제라도 제자리를 찾아가도록 만들어야 했다. 나, 그리고 준희도.

신호음이 길게 울렸다. 도움을 청할 사람은 이제 한 명뿐이었다. 늦은 시간이라 누가 전화를 받을지 몰라 조마조마했다. 다행히 아테가 수화기를 들었다. 기다리라는 말을 남긴 아테의 목소리가 멀어지고 얼마 뒤에 자넷 선생님이 전화를 받았다.

"루시예요. 리사의 한국 집 주소를 알려주세요."

모른다는 선생님의 대답 뒤로 시끄러운 음악이 들렸다. 크리스마스이브라는 걸 잊고 있었다. 필리핀 사람들이 기다리는 크리스마스. 모두가 즐겁고 행복해야 하는 날. 누군가는 힘들어하고 누군가는 슬퍼하더라도 그렇게 크리스마스는 다가왔고 누군가는 잊지 못할 만큼 즐거운 크리스마스를 보내고 있었다.

"어떻게든 알아봐주세요. 꼭 필요해요."

나는 거의 애원하다시피 했다.

18

당분간 목사님 댁에서 지낸다던 현아는 몇 주가 지나도록 소식조차 없었다.

"현아는 왜 안 와요?"

물어도 다들 모른다고만 했다. 내 휴대전화는 거의 쓰지 않아 정지시켰고 현아는 휴대전화가 없는 데다 SNS도 하지 않았다. 이메일 주소라도 알아두지 않은 게 후회되었다.

이상한 건 현아가 일요일에 교회에 나오지 않는다는 거였다. 나는 예배를 보는 내내 사람들 사이에서 현아를 찾았다. 현아가 교회에 있다면 금방 찾을 수 있을 게 분명했다. 기도를 하지 않고 고개를 빳빳이 세우고 있는 아이만 찾으면 되니까. 하지만 기도 시간에 고개를 들고 있는 건 나밖에 없었다. 우연히 나를 발견한 장로님은 왜 기도를 해야 하는지에 대해 설교했다. 어차피 내 요구만 잔뜩 늘어놓는 게 기도니까 마음대로 해도 되지 않느냐는 말을 하고 싶었지만 그럴 정도의 용기가 내게는 없었다.

교회에 나오지 않는다는 건 현아가 목사님 댁에 있지 않다는 얘기였다. 그럼 현아는 어디로 간 걸까. 내 걱정과 다르게 준희는 이참에 현아가 아예 돌아오지 않기를 바라는 눈치였다.

"어차피 여기서 지내는 거 싫어하잖아."

망고를 코앞까지 끌어다 안으며 준희가 말했다. 준희는 가끔씩 망고를 방으로 숨겨 왔는데, 내가 싫은 티를 내도 아랑곳하지 않았다.

"그렇게 좋아, 고양이가?"

따뜻한 미소로 망고의 털을 만져주던 준희가 나를 쳐다봤다. 몇 초가 흘렀을 뿐인데 준희의 얼굴은 조금 전과 달랐다. 망고를 대할 때와 나를 향할 때의 얼굴은 분명 차이가 났다. 준희는 나에게 무슨 말을 건넬 것처럼 입술을 달싹이는가 싶었지만 입을 열지 않았다.

준희가 손길을 거두자 망고는 애정을 구걸하듯이 준희의 다리 위로 올라앉아 준희의 얼굴을 핥았다. 망고를 보고 있는 것만으로도 온몸의 신경이 곤두섰다. 등을 돌려 억지로 책에 시선을 두어도 감각은 온통 등 뒤에 가 있었다. 고양이의 움직임 하나까지 거슬렸다.

우리는 전처럼 지내고 있는 것처럼 보였다. 여전히 룸메이트였고 하루의 대부분을 함께 보냈다. 그렇다고 기억까지 지워진 건 아니었다. 기억은 앙금이 되어 우리 사이에 놓여 있었다. 우리 앞에 있는 고양이처럼.

"나를 이해해주는 건 망고밖에 없어."

내가 듣기를 바라듯이 준희는 또박또박 말했다. 중간중간에 망고의 움직임 소리가 들렸다. 바닥에 누운 채로 몸을 이리저리 놀리며 주인에게 아양을 부리는 고양이 한 마리. 준희는 웃었고 나는 후, 한숨을 뱉어냈다. 바람 한 점 불지 않는 더위가 더 덥게 느껴졌다.

"여기서 너를 만날 줄은 몰랐어. 네가 없었더라면 난 더 힘들었을 거야."

노래를 부르는 것처럼 준희가 읊조렸다.

"그런데 진아, 난 말이야……"

"제발 좀!"

참지 못하고 내가 벌떡 일어섰고 그 바람에 의자가 뒤로 넘어갔다. 갑작스러운 내 행동에 준희가 당황한 얼굴로 나를 바라봤다. 마침 망고는 준희의 손에서 빠져나와 폴짝 침대 위로 올라가더니 자리를 잡고 몸을 한껏 웅크렸다. 하필 내 침대 위에서.

준희가 뭐라고 말할 새도 없이 나는 침대 앞으로 가서 고양이를 힘껏 쳐냈다. 놀란 망고가 바닥에 떨어지며 빠르게 몸을 일으켰고 길게 울었다. 준희는 반사적으로 망고를 끌어안으면서 입을 막았다. 옆방에서 매니저들이 얘기하고 웃는 소리가 연달아 들렸다. 매니저들 방에서 별다른 기척이 없자 준희는 망고를 내려놓고 일어섰다. 준희의 눈이 매섭게 빛났다.

준희는 내게 오는가 싶더니 내 책상 위의 물건들을 집어 던졌다. 책이며 가방이 벽에 맞고 바닥으로 떨어지며 둔탁한 소리를 냈다. 준희의 행동을 지켜보다가 나는 준희의 책상 앞으로 가서 똑같이 물건을 내던졌다. 준희보다 더 많이, 더 힘껏. 옆방의 웃음소리가 어울리지 않는 효과음이 되었다.

망고가 문가 쪽으로 몸을 피했다. 뭘 어쩌려는 생각은 없었다. 나도 모르게 망고에게 다가갔다. 준희가 가장 아끼는 게 뭔지 알기 때문에, 지금 이 상황이 어디에서 비롯된 건지 분명했기 때문에. 하지만 내가 망고에게 손을 뻗기 전에 등 뒤에서 준희가 내 머리칼을 낚아챘다. 손을 뿌리치려고 했지만 준희는 옷까지 잡고 늘어졌다. 매니저들이 눈치챌까 봐 준희랑 나는 최대한 소리를 내지 않았다. 거친 숨소리와 눈빛만이 둘 사이를 오갔다. 준희를 밀쳐내고 나서 나는 소리가 나지 않을 물건들을 던져댔다. 내가 던진 건 준희에 의해 다시 내게 날아왔다. 나중에는 내 것인지 준희 것인지도 모른 채 닥치는 대로 던졌다. 준희를 향해 물건을 던질수록 화가 풀리기는커녕 감정이 격앙되었다. 모든 게 준희 탓이라는 생각이 들었다. 내가 한국에 돌아갈 수 없는 것도, 더운 날씨에 숨이 막히는 것도, 내 마음이 요동치고 있는 것도.

준희가 먼저 던지는 걸 멈추었다. 자리에 주저앉아 망고를 끌어안더니 망고의 몸에 얼굴을 묻고 한참을 그대로 있었다.

누가 먼저랄 것도 없이 우리는 또 자연스럽게 방을 치웠다. 나는 준희가 던진 내 물건을 치웠고 준희는 내가 던진 물건들을 찾아서 차곡차곡 정리했다. 망고도 밖으로 데려다 놓았다.

"루시, 리사!"

아테가 방문을 두드렸다. 식사 시간이 지났는데 내려오지 않자 우리를 찾으러 온 것이다. 아테가 들어왔을 때 방 안은 아무 일도 일어나지 않은 것처럼 말끔했고 아테는 우리에게서 어떤 낌새도 느끼지 못했다. 나는 아테를 따라 식당으로 갔고 준희는 입맛이 없다며 밥을 먹지 않았다.

가슴이 답답해 체할 것 같아도 나는 꾸역꾸역 밥을 먹었다. 모든 일이 돌고 돌았다. 내가 어떤 생각을 하고 어떤 일을 겪든 상관없이.

방으로 올라왔을 때 준희는 이불을 뒤집어쓰고 누워 있었다. 준희가 아까 하려던 말이 무엇이었는지 더듬어보았다. 망고를 끌어안은 채 준희가 하려던 말. 아무것도 떠오르지 않았다.

다음 날 오후에 준희는 짐을 정리했다. 테스트가 있는 날이라서 준희와 따로 얘기할 겨를조차 없었다. 스피킹 테스트까지 끝내고 방으로 오자, 준희는 먼저 올라와서 짐을 싸고 있었다.

"본관으로 방 옮기려고."

준희가 나를 돌아보지도 않고 입을 열었다.

그때가 서로의 얘기를 들어주고 마음을 헤아릴 수 있는 마지막 기회였는지 모른다. 내가 만약 준희를 잡았거나 준희를 따라 방을 옮겼더라면 준희는 내 룸메이트로 남았을 것이다. 준희는 내가 그렇게 해주기를 바랐을 수도 있지만 나는 준희를 내버려두었다. 준희가 망고를 데리고 들어오는 걸 더는 참을 수 없었다. 축 처진 어깨를 하고 책상 앞에 앉아 있는 준희도 마찬가지였다. 준희가 나가는 모습을 나는 말없이 지켜보았다.

그날 저녁에 현아의 소식을 들었다. 목사님 댁에 간 지 며칠 만에 홀연히 사라졌다는 소문이었다. 겁도 없이 필리핀 땅에서 과감하게 가출을 감행하고 연락조차 되지 않는다는 이야기가 들려왔다. 사람들은 현아에게 무슨 일이 생긴 게 아닐지 걱정했으나 나는 걱정하지 않았다. 어디에서든 현아는 잘 지내고 있을 것이다. 적어도 목사님 댁에 억지로 잡혀 있는 것보다 훨씬 행복한 시간을 보내고 있을 거라고 믿었다.

정원을 거닐다가 입구의 철문 근처까지 걸음을 옮겼다. 현아와 감옥을 빠져나가던 일이 아주 오래된 일처럼 느껴졌다. 감옥을 빠져나가서 들이마셨던 공기. 그날 불었던 바람과 냄새와 모든 기운이 고스란히 기억났다. 매연을 마시며 탔던 트라이시클과 거리의 사람들. 내가 보았던 모든 풍경이 사진처럼 찍혀 앨범을 들추듯 하나하나 나타났다. 나를 향해 웃던 현아와 내키지 않는 걸음을 해서 불안해하던 준희. 우리가 함께했던 시간이었다.

"루시!"

쿠야가 웃음기 없는 표정으로 다가왔다. 문 앞을 서성이는 내가 이상해 보였던 모양이다. 언젠가 거리에서 만나 나와 현아를 태워다 주었던 쿠야. 쿠야라면 지금 내 마음을 조금은 이해해줄지도 모른다.

"쿠야, 나를 좀 밖에 데리고 나가주면 안 돼요?"

내가 묻자 쿠야는 안 된다고 했다. 웃는 얼굴이었지만 늘 짓던 웃음이 아니었다.

"잠깐만, 아주 잠깐이면 돼요. 문밖으로 나갈 수 있게 해줘요."

쿠야에게서 역시나 같은 대답이 돌아왔다.

"내가 곤란해져."

쿠야는 미안하다고 말했고 나는 체념할 수밖에 없었다. 쿠야를 힘들게 하고 싶지 않았다.

정원 쪽으로 발길을 돌렸다. 그네에 앉아 앞뒤로 몸을 움직였다. 바람이 불었으면 좋겠다. 나를 스쳐 간 바람이 한국에 닿았으면 좋겠다. 내 마음과 체취를 품고서, 그렇게라도.

19

한국은 날이 따뜻해지면서 꽃이 피는 계절이지만, 필리핀은 가장 더운 시기로 접어들었다. 햇빛은 강해지고 밖에서는 잠시 서 있기도 힘들었다.

엄마가 오기로 한 날, 나도 간단히 짐을 꾸렸다. 엄마는 내 방학에 맞춰 때 이른 휴가를 보내기로 했고 나는 방학마저도 한국에 가지 못하고 필리핀에 남게 되었다.

아쉽다. 기다렸는데.

서울의 친구들에게서 온 메시지에 이제는 아무런 감정도 들지 않았다. 고2 생활을 잘 시작하라는 격려까지 보냈다.

한국의 학교는 새 학기가 되어 단기 유학생도 없었고, 필리핀

학교는 여름방학에 들어갔기 때문에 장기 유학을 하는 아이들은 대부분 한국에 있는 집으로 돌아갔다. 학생보다 튜터와 매니저가 더 많이 남았다.

"여유 있을 때 쉬면서 필리핀을 즐겨."

엄마가 오기로 한 소식을 전하면서 부원장이 눈웃음을 지었다. 부원장이 내 마음을 조금이라도 헤아리고 있다면 그런 말은 하지 않을 것이다. 엄마나 부원장이 대수롭지 않게 넘기는 일이 내게 얼마나 중요한지 아무도 알지 못했다. 내가 있던 자리로 가서 아주 조금만 숨을 쉬다 오고 싶다는 말을 한 귀로 흘려들었다.

"한국에 있는 애들은 이제 새 학기인데 누가 너랑 놀아주니? 그리고 너도 지금부터 준비를 해놔야 졸업하면 바로 미국으로 가지. 토플 시험에서 점수 못 받으면 몇 달은 어학 코스 밟는다고 그냥 지나간다. 돈보다 시간이 아까워서 그래."

엄마는 부원장과 똑같은 말을 했다. 부원장이 엄마를 그렇게 설득했을 수도 있고, 엄마가 부원장한테 생각을 전했을지도 모른다. 상관없었다. 모든 일이 내게는 똑같았다.

똑똑.

방문을 두드리자 인기척이 없었다. 안에 없는 걸까. 돌아서려는데 문이 열리고 민우 선생님이 나왔다. 짐을 정리하고 있었는지 방바닥에 물건들이 너저분하게 깔려 있었다.

"어, 웬일이야?"

민우 선생님은 조금 놀라는가 싶더니 곧 부드럽고 낮은 음성으로 물었다. 나는 말없이 들고 있던 걸 내밀었다.

"이건……"

"샘! 저, 이어폰 많아요."

일부러 밝게 말했다. 민우 선생님에게 이어폰을 주고 나서 이번에는 다른 손에 들고 있던 엠피스리를 건넸다. 웃으려고 했지만 입가가 자꾸 떨려왔다.

"타가이타이에 오고 나서부터 제가 좋아하는 노래 모아둔 거예요. 여행하신다고 해서……"

한국에 있을 때는 휴대전화에 좋아하는 음악을 다운받아 들었지만 지금은 엠피스리가 더 편했다. 나는 늘 엠피스리를 몸에 지니고 다녔다.

민우 선생님이 엠피스리를 받아 들었을 때 나는 겨우 웃는 얼굴을 보이며 돌아섰다. 등 뒤에 민우 선생님을 남겨두고 신발을 신고 현관을 빠져나오는 동안에도 나는 덤덤했다. 이상할 정도로 아무 생각이 들지 않아 나는 착각인 줄 알았다. 사실은 별 감정이 없는데 민우 선생님을 좋아한다고 믿었을지 모른다는 착각. 걸어서 정원을 가로지르고 차에 올라탔다. 별관 기숙사에서 민우 선생님이 걸어 나왔다. 내가 준 이어폰과 엠피스리를 손에 든 채로. 민우 선생님을 보는 마지막이었지만 나는 일부러 그 모습을 보지 않았다.

"오랜만에 엄마 만나니까 좋겠네."

부원장이 조수석에 올라타면서 말했다. 차가 출발했고 민우 선생님의 모습은 이제 보고 싶어도 볼 수가 없었다.

공항에서 만난 엄마는 부쩍 살이 오른 나를 보더니 깜짝 놀랐다. 사진이나 영상 통화로만 보다가 직접 만나니 많이 달라졌다며 엄마답지 않게 과장된 수선을 떨었다.

"여기서 지내면 다들 얼굴이 좋아져요. 공기도 좋고 맛있는 음식도 많이 먹으니까."

부원장은 역시나 눈웃음으로 엄마의 말에 맞장구를 쳤다.

쿠야가 엄마와 나를 예약된 온천으로 데려다주었다. 온천에서 하룻밤을 지낸 다음에 우리는 가까운 리조트에서 며칠을 보내기로 되어 있었다. 책임감이 강한 부원장은 엄마의 휴가 스케줄까지 잡아놓았다. 엄마와 내가 온천을 별로 좋아하지 않는다는 사실을 부원장은 몰랐다.

엄마와 온천으로 가는 동안에도 우리는 별로 대화가 없었다. 엄마는 조용히 창밖을 보았고 나는 나대로 딴생각에 빠져 있었다. 현아를 찾았다는 소식과 한국에서 현아의 엄마가 날아왔다는 얘기. 본관으로 방을 옮기고 난 다음부터 눈도 잘 맞추지 않는 준희. 그리고 민우 선생님. 이별은 담담했어도 민우 선생님의 생각은 끝없이 이어졌다.

"뜨거운 물에 좀 들어가볼래?"

온천에 도착한 후에 엄마가 물었지만 나는 방에서 쉬고 싶다고 했고, 엄마도 침대에 눕더니 금방 잠이 들었다. 나는 침대 위에 앉아 미국 대학의 유학 설명회를 다니면서 엄마가 받아 온 자료를 가만히 내려다보았다.

저곳으로 가면 행복할까.

배낭여행을 떠난다는 민우 선생님은 당분간 행복한 시간을 보낼 것이다. 원하는 곳에 있을 테니까. 여행하는 동안 내가 준 노래를 들었으면 싶었다. 노래를 들을 때마다 민우 선생님을 떠올렸다는 걸 선생님은 상상도 못하겠지만.

엄마가 작게 코를 골았다. 바빠서 휴가를 낼 수 없었다던 아빠. 서로를 위해 노력하면서도 정작 상대방이 원하는 건 뭔지 모르는 우리 가족. 그런 게 사랑인지 나는 여전히 잘 모르겠다.

"바다 진짜 멋있네."

바다에 오고 나서 엄마는 어린아이처럼 좋아했다. 엄마의 밝은 모습을 오랜만에 보는 거라 나는 엄마가 원하는 대로 따랐다. 하루 종일 먹고 쉬고 바다를 거닐거나 리조트 풀장에서 수영을 하는 게 전부였다.

민우 선생님과 헤어지면서 이상할 정도로 담담하던 마음은 하루가 지나자 이상할 정도로 가라앉았다. 조금이라도 티를 내면 엄마는 무슨 일인지 캐내려 들 게 분명해서 나는 엄마 앞에서 아무렇지 않게 행동했다.

엄마와 휴가를 보내고 어학원에 돌아왔을 때는 뭔지 모르게 낯선 기분이 들었다. 준희도 전과 달라 보였다. 필리핀에 온 뒤로 하루도 준희를 보지 않은 날이 없었다. 처음으로 일주일 동안 떨어져 있었을 뿐인데 예전의 준희와 다른 느낌이었다. 떨어져 있는 동안 달라진 것인지 달라진 걸 이제야 깨달은 것인지, 달라진 게 준희가 아니라 나인지도 분명하지 않았다.

준희는 민우 선생님이 떠나는 모습을 보았을 것이다. 민우 선생님의 마지막이 궁금했지만 나는 아무것도 묻지 않았다. 민우 선생님에 대한 내 마음은 준희에게 끝내 털어놓을 수 없었다.

"네가 준희구나."

엄마는 준희를 한눈에 알아보았다. 준희의 인사를 받으며 찬찬히 준희를 살폈다.

"진이가 있어서 많이 도움이 돼요."

준희는 엄마에게 예의 바르게 인사했다.

"얘들은 필리핀에 온 첫날부터 떨어지지를 않아요."

부원장이 나서서 거들었다.

준희와 함께했던 순간들이 떠올랐다. 공항을 빠져나오면서 느꼈던 불안과 초조. 지하 방에 들어와 울면서 보낸 첫날 밤의 어둠과 공포. 그럼에도 우리가 가졌던 기대들. 반복되는 일상 속에서 그리움마저 무뎌진 것처럼 나는 준희에게 익숙해지면서 지쳐갔다.

엄마가 부원장과 상담 중인 틈을 타서 방에 들어와 컴퓨터를 켰다. 그동안 촬영한 인터뷰나 프레젠테이션 영상, 성적표를 두고 부원장은 엄마에게 내가 잘 지내고 있다는 확신을 심어줄 것이다. 영어를 말하거나 듣고 읽고 쓰는 일은 좋아지고 있었지만 나는 점점 말이 없어졌다. 읽고 쓰는 일은 거의 하지 않았고 음악을 들을 때를 제외하고는 듣는 것도 싫었다. 그래도 내 성적표의 그래프는 안정되어갔다.

인터넷에 접속하고 며칠 동안 들어온 메시지들을 확인했다. 민우 선생님이 남긴 글이 눈에 들어왔다.

지금 공항이야. 인사를 못하고 와서. 한국에 가면 다시 만날 수 있겠지. 여행하는 동안 음악 잘 들을게.

같은 문장을 읽고 또 읽었다. 메시지가 들어온 시간은 내가 리조트에 있을 때였다. 하루가 지나고 나서 가슴이 시리게 아팠던 날. 잔잔한 바다를 보면서 민우 선생님을 생각하고 있던 그때에 나에게 메시지가 날아왔다.

민우 선생님의 말 어디에도 나에 대한 감정은 느낄 수 없었다. 인사를 못했다는 게 아쉽다는 말인지, 다시 만날 수 있을 거라는 얘기가 꼭 만나자는 뜻인지. 마지막 문장에 오래 시선이 머물렀다. 여행하는 동안 음악 잘 들을게. 내가 고른 음악을 들으면서 아주 잠시라도 나를 떠올릴까.

메시지를 보자 민우 선생님이 떠났다는 사실이 실감 났다. 마음이 아렸지만 엄마가 곧 올라올 거라 울음을 참았다. 누군가를 좋아하고 아파하는 일이 나쁜 건 아닌데 함부로 드러낼 수가 없었다. 모든 건 나중으로 미뤘다. 대학에 가서, 성인이 되면.

어른들은 그렇게 말했다. 지금 아니면 안 되는 일만 생각하라고. 꼭 지금 해야 되는 일만 하라고. 열여덟에 누군가를 좋아하고 아파하는 마음을 갖는 건 열여덟이 아니면 할 수 없는 일이었다.

스무 살에도, 그 이후에도, 하고 싶어도 할 수가 없다. 열여덟은 일생에 단 한 번밖에 없으니까. 사람들은 그걸 몰랐다. 지금 아니면 할 수 없는 일이 무엇인지.

"루시, 어디 아파?"

세탁한 옷을 가져다주며 아테가 물었지만 나는 고개를 저었다. 대답하지 않아도 내 그래프는 일정한 선을 유지하고 있으니까. 그걸로 충분했다.

20

엄마가 한국으로 돌아간 뒤에 나도 방을 옮겼다. 별관 2층의 가장 구석에 있는 작은 방이었지만 그럭저럭 괜찮았다. 아무한테도 방해받지 않고 혼자 있을 수 있었다.

짐을 챙기느라 서랍 속 물건들을 죄다 꺼내놓았다. 책상 서랍의 안쪽에서 은색 펜이 굴러 나왔다. 준희의 펜이 왜 내 서랍 안에 들어가게 되었는지 기억나지 않았다. 펜은 새것처럼 깨끗했고 작은 글씨로 준희의 이름이 이니셜로 새겨져 있었다. 잠깐 고민하다가 나는 짐을 넣어둔 박스 안으로 펜을 던졌다.

방을 옮긴 것 외에는 학교에 가던 시간 대신에 어학원에서 수업을 하는 걸로 바뀌었을 뿐 방학이라고 해서 달라진 건 없었다. 아이들이 빠져나간 어학원에 남은 유학생은 열 명이 채 되지 않았고 원장 부부도 며칠 휴가를 떠난 상태였다. 대신 주임 선생님과 튜터들, 매니저들이 학생들을 수시로 점검했다. 죄수들을 하나씩 확인하듯이. 감옥을 탈출하기도 어려웠지만 바깥공기가 그립다는 생각마저 사라졌다.

"루시, 왜 이렇게 기운이 없어?"

수업에 들어온 자넷 선생님이 내 등을 두드리며 말했다.

자넷 선생님은 전과 다름없었다. 민우 선생님과 정말 아무 사이도 아니었던 걸까. 누발리에서 봤던 둘의 모습은 내가 마음대로 생각하고 결론을 내린 일이었다. 그걸 알면서도 어쩌면 자넷 선생님이 한국으로 떠날지 모른다는 추측에, 매일 아침 자넷 선생님을 만나고 나서야 비로소 안심이 되었다.

수업이 끝나고 나서 엄마에게 전화를 하기 위해 본관 기숙사로 들어갔다. 아무도 없는 줄 알았다가 준희의 뒷모습을 보고 자리에 멈춰 섰다.

"내가…… 뭘 어떻게 해……"

준희의 작은 목소리가 끊어질 듯 이어졌다.

"그럼 아빠는……"

준희가 갑자기 돌아보면 우리 둘 다 난처한 상황이었다. 나는 조용히 몇 발자국 물러났다. 모퉁이를 돌아 2층으로 올라가는 계단 가에 몸을 숨겼다. 준희의 목소리는 작아져 무슨 말을 하는지 알 수 없었지만 간간이 내쉬는 한숨과 흐느낌이 희미하게 들려왔다. 준희의 등 뒤에 가만히 서 있다가 준희가 전화를 끊고 나면 무슨 일인지 물을까 망설이기도 했다. 왜 그래? 무슨 일인데? 이렇게 물으면 준희는 내게 솔직하게 털어놓을까. 준희네 집 사정이 좋지 않아 계속 학비를 내는 게 어려워진 건 아닌지, 당장 한국으로 돌아갈 짐을 챙기게 되는 건 아닌지, 계단에 서서 나는 준희의 상황을 짐작해보았다. 어떤 일도 내가 도와줄 수 있는 건 없었다. 그 사이 준희가 전화를 끊었는지 사위가 잠잠해졌다. 한 발을 움직이는 순간에 준희가 지나갔다. 뒤를 돌아보았더라면 나와 마주쳤을 텐데 준희는 그대로 현관으로 가서 신발을 신고 밖으로 나갔다.

오후 수업은 개별 레슨이 있어 준희를 보지 못했다. 저녁 식사 시간과 별관 기숙사에 모여 함께 영화를 볼 때도 준희는 없었다.

"리사는 혼자 쉬고 싶대."

본관을 둘러보고 오던 매니저가 말했다. 창문을 통해 본관 기숙사를 보았다. 준희가 있는 1층 방에 불이 켜 있었다. 영화가 눈에 들어오지 않아 자리에서 일어섰다. 준희가 본관 기숙사로 방을 옮기고 나서 처음으로 나는 준희 방문 앞에 섰다. 준희가 찾던 펜이 내 손에 있었다. 잃어버렸던 펜을 찾은 걸 알면 준희는 기뻐할 것이다. 전처럼 나를 향해 싱긋 웃어줄지도 모른다.

노크를 안 하고 문을 열어도 아무렇지 않을 때가 있었지만 지금은 그때와 달랐다. 한 손을 들어 올렸다가 나는 움찔 놀랐다. 준희의 방에서 고양이 울음소리가 들렸다. 그러고 보니 정원에서 망고가 보이지 않았다. 가만히 귀를 기울이자 고양이 소리 사이로 준희의 말소리가 조금씩 새어 나왔다. 나는 올렸던 손을 떨어뜨리고 돌아섰다. 준희에게 위로가 되는 건 내가 아니라 망고일 것이다.

기숙사 밖으로 나온 순간 준희 방의 불이 꺼졌다.

방학이 지나고 개학을 맞았지만 내게는 다를 것이 없었다. 1교시 수업 전에 시간이 남아 혼자 운동장 그늘에 앉아 있었다. 언젠가 여기서 준희랑 「맘마미아」 연습을 하고 아이들과 노래를 불렀던 일이 떠올랐다. 학교에 다니면서 가장 행복했던 순간. 준희가 말실수를 하고 갑자기 공연에서 빠지지만 않았어도 새록새록 추억이 되었을 일이다.

"루시!"

막 몸을 일으키려던 참에 제니퍼가 다가왔다. 제니퍼가 그늘로 들어오더니 내게 카드를 내밀었다.

"와줄 거지?"

곧 제니퍼의 생일이었고 제니퍼는 생일을 핑계 삼아 먼저 손을 내민 것이다. 반가움 반 놀라움 반인 얼굴로 나는 제니퍼에게 한 걸음 다가갔다. 오랜만에 만난 친구를 안아주면서 꼭 가겠다고 대답했다.

제니퍼는 준희에게도 카드를 건넸다. 우리 사이에 보이지 않는 틈이 메워질 수 있는 기회였다. 필리핀 아이들과는 서로 눈길을 피하거나 무시한 채로 보이지 않는 경계를 만들고 있었다. 다가가고 싶어도 용기가 없어서, 아니면 자존심 때문에 뒤로 물러났던 아이들도 제니퍼의 초대를 받아들였다. 필리핀 아이들 사이에서 탐탁지 않아 하는 분위기도 있었지만 누구도 나서지 않았다. 생일의 주인공인 제니퍼가 결정할 문제였다. 파티에 초대받은 한국 아이들은 제니퍼의 생일에 가지고 갈 선물을 의논하면서 차츰 예전의 분위기로 돌아섰다.

가지고 있는 옷을 다 뒤져서 파티에 어울릴 만한 옷을 고르고 있었는데 준희가 내 방문을 두드렸다. 파티에 가기에는 좀 이른 시간이라 나는 준희에게 무슨 일인지 물었다. 준희의 표정이 별로 좋지 않았다.

"난 못 가. 제니퍼한테 대신 전해줘."

"왜?"

단 한마디였지만 내 목소리에 짜증이 실렸다. 누구보다 파티에 빠져서는 안 되는 사람이 준희였다. 초대까지 거절한다면 다시는 화해할 기회가 없을 것 같아 나는 겨우 짜증을 누르고 준희를 설득했다.

"잠깐이라도 가자."

"나를 이해한다면 파티에 가자고는 못할 거야."

힘없이 통화를 하던 준희의 처진 어깨가 생각났다. 이번에는 또 무슨 일일까. 언제부터인지 저 아이는 항상 저런 표정이었다. 늘 기운이 없고 슬픔에 젖어 세상의 짐을 혼자 짊어진 것 같은 모양. 갑자기 준희를 확 밀어버리고 싶은 충동이 밀려왔다. 계단 아래로 굴러떨어지는 준희를 상상했다.

"이해받고 싶으면 너부터 다른 사람을 이해해."

차갑게 말하고 쾅 문을 닫았다. 고르던 옷들을 죄다 집어 던졌다. 너만 힘든 게 아니야. 너만 이해받지 못하는 게 아니야. 옷을 던지면서 속으로 소리쳤다. 서랍을 열어 준희의 펜을 꺼내 쓰레기 통으로 던져버렸다.

제니퍼의 부모님은 레스토랑을 통째로 빌려서 파티를 열어주었다. 생일을 맞아 춤을 추는 제니퍼는 어느 때보다 즐거운 모습이었다. 필리핀에서 가장 행복한 아이가 제니퍼일 거라고 생각했다. 필리핀이 아니라 전 세계를 통틀어서 가장 행복한 아이일 수도 있었다. 그날만큼은 그렇게 보였다.

"미안해. 리사랑 함께 왔어야 했는데."

제니퍼에게 나는 사과의 말을 건넸다. 나라도 그래야 할 것 같았다. 제니퍼가 작게 고개를 끄덕였다.

서먹했던 아이들 사이는 파티가 무르익을수록 바뀌었다. 방학 동안 한국에 다녀온 아이들이 아이돌 가수의 콘서트 이야기를 꺼내자 다른 나라 아이들도 관심을 갖고 모여들었다.

"리사는?"

"리사가 갑자기 몸이 안 좋아. 많이 아픈 모양이야."

안젤라의 물음에 나는 애써 웃으면서 변명했다. 애매한 표정을 짓는 안젤라의 얼굴은 내 말을 그대로 믿지 않는 느낌이었다.

제니퍼의 생일 파티는 한동안 아이들 사이에서 대화의 주제로 떠올랐다. 그럴 때마다 준희는 아이들 사이에 끼지 못했다. 어긋나 있던 일들이 파티 이후 제자리를 찾아갔지만 준희는 예외였다. 아이들을 감싸고 있는 분위기에 이제는 나도 준희의 곁에 가는 게 신경 쓰였다. 같은 교실에 있기는 했지만 수업이 끝나면 그뿐이었다. 준희와 나 사이에 보이지 않는 벽이 둘러쳐져 있었다. 뛰어넘기에는 높고 허물기에는 단단한.

21

새 시즌에 들어온 아이들로 어학원이 북적였다. 오후 수업을 마친 아이들이 식당 밖까지 줄을 섰다. 나는 그네에 앉아 줄이 줄어들기를 기다렸다. 식당 건물 모퉁이에 준희가 망고와 함께 있었다. 단기 유학생들이 몰려오자 준희는 망고를 더 끼고 돌았다. 다른 아이들이 망고를 만지는 것도 좋아하지 않는 낌새였다.

"우리 망고……"

준희의 말에 나는 픽 웃고 말았다. 내 웃음소리가 들릴 리가 없는데 갑자기 준희가 내 쪽을 보았다. 거리가 멀어 준희의 눈이 정확히 어디를 향하는지 알 수 없었지만, 아마도 나를 보고 있는 거라고 느꼈다. 살짝 웃어주거나 손이라도 흔들어야 할까 망설이다가 그만두었다. 내가 그런다고 해서 준희의 표정이 달라질 것도 아닐 테니까. 준희는 이제 어디에서 누구와 있어도 크게 표정이 바뀌지 않았다. 오로지 망고와 있을 때가 준희의 얼굴이 가장 밝은 순간이었다. 나는 망고처럼 준희를 웃게 해줄 수 없었고 준희의 얘기를 묵묵히 들어줄 수도 없었다. 그건 준희도 마찬가지일 것이다. 준희는 내게서 현아의 얘기를 듣고 싶어 하지 않을 테고 민우 선생님이 내게 어떤 존재였는지조차 모르니까.

식당의 줄이 줄어들고 나서야 나는 안으로 들어갔다. 준희의 눈길이 따라오는 걸 느꼈지만 모르는 척했다. 밥을 먹고 나서 밖으로 나왔을 때는 준희도, 망고도 사라진 뒤였다.

주말 오후 일정은 타알 호수로 잡혀 있었다. 호수에 벌써 여러 번 다녀왔다는 장기 유학생들의 불만에 부원장은 팀을 둘로 나누었다. 단기 유학생들은 호수로 가고 장기 유학생 중에 희망자는 마닐라의 쇼핑몰에 갈 수 있었다. 한 명이라도 어학원에 남아 개인행동을 할 수는 없었기 때문에 나는 쇼핑몰에 가는 쪽을 택했다. 간식을 산 다음, 이나살에서 치킨이나 할로할로를 먹고 졸리비에서 시간을 때울 계획이었다.

신발을 신고 현관을 나오자, 준희가 서 있었다. 방을 옮긴 뒤로 준희는 별관 기숙사에 거의 걸음을 하지 않았다. 나를 기다리고 있었던 걸까. 얼핏 마주친 준희의 눈동자가 흔들렸다. 비행기 안에서 나에게 웃어주던 얼굴과 지금 내 앞에 있는 얼굴이 같은 사람이라고 생각되지 않았다. 잔뜩 웅크린 어깨가 어딘지 모르게 위축되어 있었다. 그대로 준희를 지나가려는데 준희가 나를 불러 세웠다.

"진아! 호수에 가지 않을래?"

준희가 다급하게 물었다. 어쩌자고 이런 말을 꺼내는 걸까. 한숨이 터져 나왔다. 우린 이제 서로의 그림자도 아니고 그림자로 지낼 이유도 없었다. 그런데 갑자기 호수에 가자니. 준희의 눈에 비친 타알 호수가 잠시 떠올랐다가 사라졌다.

"지겹지도 않아? 거길 또 가게."

"한참 됐잖아. 그리고 나, 할 말이 있어."

준희가 나를 가로막았다. 오랜만에 가까이에서 준희의 눈을 보았다. 더 이상 타알 호수가 보고 싶지 않은 것처럼 준희의 눈 또한 피하고 싶었다.

"갈 거면 너나 가. 할 말은 이따 와서 하고."

나는 이어폰을 귀에 꽂으며 계단을 뛰어 내려왔다. 볼륨을 올렸기 때문에 준희가 나를 불렀는지는 모른다. 나는 곧장 내려가서 차에 올라탔다. 준희는 혼자라도 호수에 갈 수도 있고 쇼핑몰 팀에 들어올 수도 있지만, 나는 준희가 호수에 가주기를 바랐다. 쇼핑몰에서 준희랑 어색하게 어슬렁거리고 싶지 않았고 준희가 예전처럼 룸메이트로 지내자고 할까 봐 걱정이 되기까지 했다. 그런 말이라면 차라리 듣지 않는 쪽이 나았다. 다행히 준희는 쇼핑몰로 향하는 차에 타지 않았다.

마트에서 간식거리를 고르고 졸리비에서 시간을 보냈다. 새로울 게 하나 없는 쇼핑몰을 도는 것도 무의미했다.

"요즘에는 준희랑 안 다녀?"

우리 팀을 인솔하는 매니저가 콜라를 들이켜며 물었다. 약속 시간이 가까워지면서 흩어졌던 아이들도 하나씩 돌아왔다.

"각자 갈 길이 있으니까요."

내가 가볍게 대꾸하자 매니저는 농담으로 알아들었는지 "그렇지"라면서 대수롭지 않게 넘겼다.

"근데…… 준희 어떻게 할 거래?"

매니저는 주변 아이들 눈치를 살피더니 내 쪽으로 몸을 붙이며 목소리를 낮췄다.

"뭘요?"

내가 되묻자 매니저는 오히려 놀란 눈을 했다. 내가 준희에 대한 모든 걸 알고 있다고 생각한 모양이었다.

"준희 내보낼 거 같던데. 원장 부부가 자선사업을 하는 건 아니니까."

원비가 밀린 얘기를 하는 것 같았다.

"한국으로 간대요?"

"강제로 돌려보낼 수는 없잖아. 집에 여러 차례 얘기를 했는데 준희 부모님도 결정을 못한 건지 답이 없나 봐. 참, 준희 아빠 얘기는 들었지?"

매니저는 재미있는 소문을 전하듯이 흥미진진한 얼굴이었다. 내가 잘 모르겠다는 표정을 짓자 잠시 망설이다가 소곤거렸다.

"오토바이 사고가 났대. 생명에 지장이 있거나 그런 건 아니지만 수술까지 한 걸 보면 꽤 사고가 컸나 보더라고. 그러니 부원장도 결정을 못하는 거야. 사정 안 좋은 거 뻔히 알면서 애를 어쩌겠어."

매니저는 쯧쯧 혀를 찼다.

힘없이 처져 있던 어깨가 그래서였던 걸까. 멀리 떨어진 곳에서 소식을 들었을 준희의 심정이 어땠을지 짐작이 갔다. 힘든 일들을 준희도 묵묵히 견뎌내고 있었던 걸 나는 뒤늦게 알았다. 왜 내게 말하지 않았을까, 생각하다가 곧 그만두었다. 준희는 여러 번 내게 다가왔었다. 제니퍼의 생일 파티에 가기 전에 무언가를 하소연하려 했었고 오늘도 내게 할 말이 있다고 했다. 준희가 내게 말하려고 한 걸 내가 외면한 걸까. 저녁에 들어가면 준희는 나에게 어떤 말이든 꺼내놓을 것이다. 그게 무슨 말인지 몰라도 이번만큼은 준희의 얘기를 들어주어야 했다. 자신은 없었지만 그래야 할 것 같았다. 그 생각을 하자 서둘러 돌아가고 싶어졌다.

하지만 내 마음과 다르게 차는 더디게 움직였다. 주말 오후답게 타가이타이로 가는 길은 교통 체증이 심했다. 타가이타이는 서늘하고 날씨가 좋은 편이라 주말이면 마닐라에서 오는 관광객들이 꽤 많았다. 좁은 도로에 먼지를 뒤집어쓴 차들이 줄지어 서 있었다.

어학원에 도착했을 때는 하늘이 어두워질 무렵이었다. 서서히 철문이 열리고 차가 안으로 들어섰다. 호수에 갔던 차는 우리보다 먼저 와 있었다.

문을 열고 차에서 내릴 때였다. 어둑해진 하늘을 찢는 듯한 비명이 퍼져나갔다.

"무슨 일이야?"

누군가가 불안하게 물었다. 그사이에도 비명이 이어졌다. 정원에 모여 있던 아이들이 술렁거렸다. 불길한 무언가가 주변을 에워쌌다. 아테가 달려와서 쿠야를 데리고 갔다. 둘이 나눈 타갈로그어를 매니저가 통역해주었다.

"고양이가 죽었다는데."

비명의 주인공을 나는 곧 알아차렸다.

"호수에 가지 않을래?"

준희의 목소리가 들렸고 온몸이 마비된 것처럼 나는 꼼짝도 할 수 없었다.

22

주차된 차 위에 쌓인 눈을 손바닥으로 쓸어내렸다. 부드러운 솜털이 아닌, 차가운 진짜 눈의 감촉이 느껴졌다.

크리스마스의 아침은 생각보다 고요했다. 거리에 울리던 캐럴과 사람들의 들뜬 모습은 사라지고 여느 때와 다름없는 아침을 맞았다.

전날 밤 늦게까지 나는 거리를 헤매 다녔다. 나연이와 헤어진 뒤에 어디로 가야 할지 몰라 같은 곳을 여러 번이나 돌았다. 가짜 눈을 진짜 눈처럼 믿고 즐거워하는 사람들의 모습이 잊히지 않았다. 내 앞에 있는 것들이 우리가 그리워하던 것들이 맞는지 의심스러웠다.

늦은 시간이 되어서야 집에 들어갔고 엄마는 잔소리를 하려는 듯 몇 마디를 꺼내다 그만두었다. 엄마 아빠도 준희의 일을 떠올렸을 것이다. 크리스마스 방학에 서울에 오는 걸 허락했을 만큼 엄마도 나를 배려하려고 애썼다.

아침에 일어나자마자 집을 나섰다. 크리스마스가 지나기 전에 준희를 만나야 한다는 생각이 떠나지 않았다.

지나고 나서 보니 모든 순간이 마지막이었다. 다시 올 거라 믿었던 일들은 돌아오지 않거나 다른 형태로 찾아왔다. 다음 기회는 없었다. 준희가 방을 옮길 때 모른 척했던 일이나 타알 호수에 가자는 말을 무시한 것도. 반복되는 일상 속에서 어제와 같은 오늘이 내일도, 모레도 이어질 거라고만 믿었다. 잔잔하던 바다에 파도가 칠 수 있다고는 예상하지 못했다.

유학생들을 태운 차가 호수와 쇼핑센터로 간 시간에 망고는 죽었다. 아테들은 숙소에서 낮잠을 자거나 휴식을 취했고 남아 있는 매니저들은 기숙사 1층에서 영화를 보고 있었다. 망고의 울음소리를 들은 사람은 아무도 없었다. 버리려고 내놓은 침대 프레임에 망고가 끼어 있는 걸 저녁을 하러 나온 아테가 발견했지만, 이미 망고의 숨이 끊어진 뒤였다. 마침 호수에 갔다가 돌아온 준희가 망고의 죽음을 목격했다.

매니저들에게 끌려 들어가는 준희를 멀찍이서 바라보았다. 나는 망고의 마지막 모습을 보지 못했다. 쿠야들이 망고를 치웠다는 얘기를 들었지만 어디에 묻었는지 모른다. 정신을 차린 준희가 죽은 망고를 근처에 묻었을 거라고 짐작했다.

준희가 겨우 마음을 추슬렀다는 얘기를 하면서 부원장은 길게 한숨을 내쉬었다. 저녁에 준희는 식당에 내려오지 않았고 아테가 준희의 밥을 챙겨다 주었다. 밤이 깊어도 잠이 오지 않아 정원으로 나갔다. 준희의 방은 불이 꺼진 채였다. 잠이 든 걸까. 준희 방의 문을 두드리고 싶었지만 용기가 나지 않았다.

다음 날 오전에 아테가 싸놓은 도시락 한 개가 남았다. 차 안에서 준희를 기다리는 동안 나는 준희에게 뭐라고 말을 건네야 할지 생각해보았다. 괜찮아?라고 물어야 할까 괜찮아,라고 다독여야 할까. 시간이 되자 쿠야가 시동을 걸었고 나는 조금 당황했다.

"준희 안 탔는데."

누군가가 말했지만 차는 그대로 출발했다.

학교에서는 늦게라도 준희가 오지 않을까 싶어 계속 준희를 찾았다. 아이들이 왜 준희가 결석했는지 물었지만 나는 대답할 수 없었다. 점심시간이 지나고 오후 수업이 시작될 때까지도 준희는 나타나지 않았다.

먹구름이 몰려와 교실이 한밤중처럼 어두워졌다. 선생님의 말과 선풍기 돌아가는 소리가 불안하게 울렸다. 빠르게 움직이던 먹구름이 학교를 뒤덮더니 비가 쏟아졌다. 창가에 앉은 아이들이 서둘러 창문을 닫았고 선생님은 수업을 멈추고 창밖을 보았다. 갑자기 시작된 비는 아무것도 보이지 않을 만큼 거세게 퍼부었다. 교실이 휩쓸려가는 건 아닐까 상상이 될 정도로 비는 걷잡을 수 없이 내렸다.

수업이 끝나갈 무렵에 지금 있는 교실에서 대기하라는 안내 방송이 흘러나왔다. 수업이 바뀔 때마다 해당 과목의 교실로 옮겨야 했는데 같은 건물이 아닌 경우가 대부분이었다. 비를 맞으면서 교실을 옮긴다면 몇 초 만에 흠뻑 젖어버릴 것이다.

모두가 교실에 남아 비가 그치기를 기다렸다. 나는 문득 준희가 걱정되었다. 혹시 학교에 오다가 비를 만난 건 아닐까. 교실 문이 열리면서 온몸이 젖은 준희가 들어오지 않을까. 그럼 나는 어떻게 해야 할까. 필리핀에서 갑자기 소나기가 내리는 건 흔한 일이었지만 나는 처음으로 비가 두려웠다. 모든 걸 휩쓸고 지나갈 수 있다는 사실이 비로소 와 닿았다.

몇 분이 지나고 교실 안이 차츰 밝아지더니 아이들도 소란스러워졌다. 먹구름은 아까처럼 빠르게 흘러가며 교실을 토해냈지만 준희는 끝내 모습을 보이지 않았다.

어학원에 돌아와 준희와 마주치자 나는 허탈한 기분마저 들었다. 하루 종일 기다리고 걱정했던 게 무색할 만큼 준희는 아무렇지 않은 모습으로 태연히 정원의 그네에 앉아 있었다. 마치 아무 일도 없었다는 듯이. 괜한 걱정을 했다 싶어 나는 별관 기숙사로 들어갔다. 한 걸음 떨어져서 본 준희는 다행히 괜찮아 보였다. 잘 견디고 있는 것 같았다. 나처럼, 그리고 우리 모두처럼.

그때까지도 나는 알지 못했다. 망고의 죽음이 그 아이에게 어떤 의미인지. 그 아이 마음에서 어떤 일이 벌어지고 있는지.

이제 와서 준희를 찾아간다는 건 무의미한 일일지 모른다. 하지만 내 머릿속엔 줄곧 준희가 자리 잡고 있었다. 서울에 와서도 고양이의 울음과 준희의 눈빛이 생각나 나는 깊은 잠을 이루지 못했다. 아직 크리스마스였다. 눈이 내리는 크리스마스를 함께 보내자던 약속을 준희가 기억할까.

자넷 선생님에게 준희의 집 주소를 물었다. 선생님은 난처한 투로 모른다고 말했다. 성적이나 어학원에서의 일은 담당 튜터들도 공유하지만 학생들의 개인적인 기록은 부원장만 알고 있다는 것이다. 자넷 선생님은 부원장 모르게 준희의 기록을 열람해야 할지도 모른다. 급하고 중요한 일이라고 내가 사정해도 자넷 선생님에게서는 같은 말만 되돌아왔다.

"지금 아니면 안 될 것 같은 일이에요. 선생님에게도 그런 일이 있잖아요."

잠시 침묵이 이어졌고 수화기 너머로 낮은 숨소리가 들렸다.

"내일 오전에 전화를 해줄게. 만약 알아낸다면."

마침내 자넷 선생님이 대답했다. 나는 자넷 선생님이 준희의 주소를 알아내 연락을 줄 거라고 믿었다. 나에게는 그녀에 대한 막연한 믿음이 있었다. 자넷 선생님은 미워하려고 해도 미워지지 않는 사람이었다.

내 믿음대로 자넷 선생님은 오전 일찍 연락을 주었다. 자넷 선생님이 불러준 주소를 가지고 준희를 찾아 나섰다. 한 정거장, 한 정거장. 목적지가 가까워졌지만 준희에게 무슨 말을 해야 할지 떠오르지 않았다.

전철에서 내려 한참을 걸었다. 차라리 집을 못 찾았으면 좋겠다는 생각도 들었다. 막상 찾아간 곳에서 준희를 만날 수 없다는 얘기를 듣기를 바랐다. 이 정도면 나도 할 만큼 한 거라고 다독이면서 체념하고 싶었다.

허름한 빌라 앞에 다다라서 숨을 골랐다. 계단을 느리게 올라갔는데도 숨이 가빠왔다. 몇 번이고 문 앞에 적힌 호수를 확인하고 나서도 나는 머뭇거렸다.

크리스마스만 아니라면 돌아섰을 것이다. 함께 보내자는 약속만 하지 않았더라면. 마음을 다잡고 초인종을 눌렀다.

"누구세요?"

잠시 뒤에 안에서 소리가 들렸다. 문이 열리더니 준희의 엄마가 나왔다. 필리핀으로 떠나던 날, 공항으로 준희를 배웅하러 왔던 모습과는 많이 달랐다. 같은 사람이 아닐지도 모른다는 착각이 들 정도로 초췌한 모습이었다. 준희의 엄마는 한동안 나를 빤히 보았다.

"네가 어떻게……"

"준희를 만나고 싶어요. 만나게 해주세요."

내 목소리가 갈라졌다.

23

창가에 앉아 바람을 쐬었다. 여름이 지나고 나자 제법 시원한 바람이 불었다. 햇살이 파고든 나무와 잘 다듬어놓은 잔디, 연신 물을 뿜어 올리는 분수를 보고 있자니 리조트에라도 온 듯했다.

좀처럼 움직일 것 같지 않던 시간은 내가 느끼지 못하는 사이 조금씩 흘러갔다. 나는 다이어리에 표시한 날짜를 매일 확인했다. 한국으로 돌아가려면 아직 멀었지만 논문 준비를 시작해서인지 시간이 부쩍 흐른 느낌이었다.

"'아이큐와 이큐가 성공에 미치는 영향'이라."

자넷 선생님이 곰곰이 생각에 잠겼다.

"시간이 있으니까 천천히 알아보자."

학교 과제나 시험은 자넷 선생님과 함께 준비했다. 선생님은 내가 내민 논문 주제를 두고 급하지 않다는 반응을 보였지만 나는 벌써 자료를 모으고 있었다. 주제만 정해지면 인덱스나 스텝별 내용은 어느 정도 진행할 수 있을 만큼 준비를 해둘 계획이었다. 자넷 선생님은 대학 입학 준비를 위해 내가 미리 논문을 시작하는 줄 알지만 그건 선생님이 잘못 생각한 것이다. 졸업 준비를 시작하면 그만큼 이 생활의 끝이 가까이 다가오고 있는 것 같아 위로가 되었다.

서울의 친구들과는 이제 연락이 뜸해졌다. 친구들도 공부하느라 겨를이 없는지 SNS에 새로운 소식이 드물었다. 친구들이 올린 사진이나 글을 보면서 나도 함께였던 것처럼 혼자 키득거렸었다. 댓글로 친구들과 얘기를 나누다가 문득 주변을 돌아보았을 때, 곁에 있는 건 어둠과 희미한 컴퓨터의 불빛이라는 걸 깨닫게 되면 내 웃음소리는 공허해졌다. 현실을 깨닫게 되는 순간이 싫어서 친구들의 SNS도 잘 보지 않았는데 친구들도 나름 바쁜지 통 소식이 없었다. 나는 그들에게서 이미 멀어져 있었다.

"망고! 망고야!"

소리를 따라 아래를 내려다보았다. 준희가 내민 손에 고양이가 장난치듯 몸을 놀렸다. 털이 새까만 고양이의 이름이 뭐였는지 기억을 더듬었다. 어느 날 갑자기 들어와 제 집처럼 눌러사는 개나 고양이 들에게 아이들은 마음대로 이름을 짓고 불렀다. 알기라도 하듯이 개와 고양이 들은 이름을 붙여준 사람을 유난히 잘 따랐다. 준희와 망고가 그랬던 것처럼. 지금 준희의 손에서 장난을 치고 있는 고양이는 '나나'였다. 고양이의 이름을 '나나'라고 지은 아이는 떠났지만 나나는 계속 나나로 불렸다. 딱 한 사람 준희를 제외하고는. 준희도 고양이의 원래 이름을 알고 있을 게 분명한데도 전혀 개의치 않았다.

망고가 죽고 나서 나는 준희에게 다가갈까 여러 번 망설였다. 꺼내야 하는 말들은 입에서 맴돌았지만 그 말을 꺼냈을 때의 준희 반응을 떠올리면 이내 돌아서고 말았다. 망고를 잊으라는 말도, 망고의 죽음을 받아들이라는 말도, 준희에게는 통하지 않을 것 같았다. 망고의 털끝 한번 만져본 적 없는 내가 하는 말들을 준희는 이해하지 못할 거였다.

타알 호수를 보러 가자던 날, 준희가 내게 하려던 얘기는 결국 들을 수 없게 되었다.

"할 말이 있다면서."

망고가 죽고 나서 얼마 뒤에 나는 준희에게 물었다.

"없어, 지금은."

준희는 무덤덤하게 대답하고 제 방으로 사라졌다. 몇 번은 내가 준희를 불렀지만 준희의 반응은 거의 비슷했다. 먼저 말을 거는 적도 없었다. 준희는 항상 아래만 보았다. 누군가가 부르면 눈을 치떴다가 곧 바닥으로 시선을 옮겼다. 우리는 아침에 학교에 가면서 인사를 나누거나 교실에서 몇 마디 말을 나누는 게 전부인 사이가 되었다.

망고의 일도 차츰 잊혔다. 민우 선생님과 현아의 빈자리도 무뎌졌다. 종종 그들이 떠올랐지만 전처럼 마음이 아릴 정도는 아니었다. 나를 잊고 행복하게 지낼 민우 선생님이나 어디서든 당당할 것 같은 현아에게서 나는 스스로 떨어져 나왔다.

한 번쯤은 현아에게 연락이 올 거라는 기대도 했었다. 부원장은 현아의 연락처를 안다 해도 나에게 알려줄 리가 없어, 현아가 어학원으로 전화를 주기만 기다렸다. 혹시나 하는 마음에 튜터와 아테들에게 물었지만 현아의 전화를 받았다는 사람은 없었다. 대신 현아의 엄마가 마닐라에 집을 구했다는 소식을 들었다. 한 시간이면 닿을 수 있는 거리에서도 우리는 만날 수 없었고 마음대로 연락도 하지 못했다. 현아도 분명 우리의 소식을 궁금해할 것이다. 나보다 준희의 소식을 더 궁금해할지도 모른다.

갑자기 준희가 위를 올려다보았다. 나도 모르게 주춤 창가에서 물러섰다. 준희가 나를 향해 '망고야!'라고 부를 것 같은 착각이 들었다. 그럼 나는 뭐라고 대답해야 할까.

"언니도 소문 들었어요?"

식판을 놓고 자리에 앉자 옆자리 아이가 물었다.

"준희 언니 말인데요, 방에 고양이 있대요. 밤에도 데리고 자고 그런다는데 언니 알고 있었어요?"

아이가 눈을 동그랗게 뜨고 물었다. 내게서 준희에 대한 얘기를 듣고 싶어 하는 모양이었지만 내가 고개를 젓자 아이는 실망스러워했다.

"망고 죽고 나서 준희 언니 좀 변했어요. 아무 고양이나 보고 망고야, 이러는데 솔직히 좀 이상해요."

"우리 대하는 것도 예전과 다르지 않아?"

맞은편에 앉은 아이까지 거들었다.

"뭘 물어봐도 대답은 안 하고 빤히 쳐다보는 눈빛이 소름 돋아."

처음 아이가 팔까지 문지르며 말했다. 우리 얘기를 듣고 있었는지 건너편에서 매니저가 테이블을 두드렸다. 그제야 아이들은 쌜쭉한 표정을 지었다. 마침 식당으로 준희가 들어서자 아이들은 입을 닫고 밥을 떠 넣었다. 식판에 음식을 담은 준희는 우리와 거리를 두고 테이블 끝에 앉았다. 눈도 돌리지 않고 조용히 밥만 먹는 모습이 누구와도 얘기를 나누고 싶지 않다는 뜻으로 보였다.

나나의 몸이 눈에 띄게 달라진 건 그 무렵이었다. 다른 사람들에게는 나나였지만 준희에게는 망고라고 불리던 고양이의 배가 축 처졌다. 새끼를 낳을 날짜가 가까워지고 있었다. 곧 태어날 새끼 고양이를 볼 생각에 사람들은 일부러 음식을 남겨 나나 앞에 놓아주었다.

"몇 마리나 낳을까?"

"생각만 해도 설렌다."

아이들은 잔뜩 기대에 부풀었다. 미리 이름을 지어두기도 했다. 이상한 건 나나를 더 살뜰하게 보살필 줄 알았던 준희가 전보다 나나를 멀리한다는 사실이었다. 아이들이 나나를 보듬을 때 준희가 나타나서 채가는 건 아닐까 싶었지만, 그런 걱정은 하지 않아도 되었다. 아이들이 나나에게 관심을 주어도 준희는 멀찍이 떨어져 아무 행동도 하지 않았다.

심지어 나나가 갑자기 사라졌는데도 준희는 별다른 기색이 없었다. 망고의 죽음을 목격했을 때와는 달리 너무도 침착해 보였다.

나나가 보이지 않은 건 일요일 저녁 무렵이었다. 그날 오후에도 정원에서 나나를 보았다는 증언들이 나왔지만 저녁 식사 후에 나나를 본 사람은 없었다. 금방이라도 새끼를 낳을 수 있어 아이들은 걱정스러워했다.

"새끼 낳으려고 안전한 곳으로 자리를 옮겼나?"

"여기보다 안전한 데가 어디 있어?"

아이들끼리 나나에 대한 얘기를 나누었다. 그때도 준희는 책만 보고 있었다. 누군가가 준희에게도 나나를 보지 못했는지 물었다. 글씨 쓰던 손을 멈춘 준희는 좌우로 천천히 고개를 저었다.

준희는 학교와 어학원에서 전처럼 공부했다. 가장 구석진 자리에 앉아 수업을 들었고 발표 시간에 입을 열기도 했지만 그 시간이 지나면 곧 입을 닫았고 이내 혼자가 되었다. 알아서 자리를 피했고 점점 투명인간이나 유령 같은 존재가 되어가고 있었다. 있어도 없는 듯, 보여도 보이지 않는 것처럼. 누군가는 원장 부부가 당장 준희를 내보내지 않는 것만도 다행이라고 했고 누군가는 차라리 내보내는 게 낫다고 했다.

나는 준희가 한국에 돌아가주기를 바랐다. 한국에 가서 어떻게 할지는 준희의 몫이었다.

"나한테 기회는 한 번뿐이야."

준희가 말했었다. 준희가 끝까지 잡고 있으려는 게 기회가 맞는지 되묻고 싶었다. 그래서 잡은 기회가 무엇인지. 한국으로 가는 게 낫지 않을까. 준희의 곁을 지날 때마다 그 말이 입안에서 맴돌았다.

교실로 향하는 준희의 걸음이 무거워 보였다. 수업이 끝나고 나오는 아이들과 다음 수업을 위해 교실로 들어가는 아이들로 복도가 소란스러웠다. 나는 준희의 뒤를 따라 걸었다. 나나가 사라졌다면 준희에게는 망고의 자리를 대신할 고양이가 또 필요할 것이다. 준희에게 망고는 없어서는 안 될 존재니까.

내가 교실에 들어선 순간에 준희는 여느 때처럼 구석의 제자리를 찾아가고 있었다. 앞선 수업의 아이들이 장난을 치며 뒤늦게 교실을 빠져나가던 참이었다. 아이들과 함께 우르르 뛰어가던 안젤라가 준희와 어깨를 부딪쳤다.

"미안, 리사."

안젤라가 바로 준희에게 사과했지만, 준희는 살짝 인상을 쓰더니 그대로 자리에 가서 앉았다. 교실을 나가려던 안젤라가 되돌아와서 준희 앞에 섰다. 안젤라의 굳은 얼굴에서 준희에 대한 불쾌한 감정이 드러났다. 다른 아이들도 나가려다 말고 돌아보았다.

"리사, 방금 미안하다고 했잖아. 못 들었어?"

안젤라가 따지듯 말하자 준희는 안젤라를 향해 눈을 위로 치떴다.

"넌 여전히 우리를 싫어하는구나. 필리핀도, 필리피노도 싫은 거야. 맞지?"

불쑥 꺼낸 안젤라의 말에 주변이 조용해졌다. 교실로 막 들어서던 한국 아이들도 영문을 몰라 눈치를 살폈다. 자리에 앉으려던 나도 갑자기 내려앉은 무거운 분위기에 멈춰 섰다.

"말해봐, 리사. 우리의 어떤 점이 마음에 들지 않는 거야? 서로 모르고 부딪친 거잖아. 그래도 난 사과했지만 넌 사과조차 받지 않았어. 잘못은 너에게도 있었는데."

안젤라는 벼르기라도 했던 것처럼 말을 쏟아냈다. 준희는 귀찮은 듯 자리에서 일어나 안젤라를 피해 다른 곳으로 옮겨 앉았지만, 안젤라는 기어코 준희를 따라갔다.

"난 한국도, 한국에서 온 친구들도 좋아해. 하지만 네 행동은 이해할 수 없어. 그러니까 사과해, 리사."

안젤라는 꼭 사과를 받고야 말겠다는 표정으로 준희 앞에서 버텼고, 준희는 안젤라를 뚫어져라 바라보고만 있었다. 거기서 끝이 났더라면 괜찮았을지 모른다. 건성으로라도 준희가 사과를 했다면, 설령 준희가 사과를 하지 않았더라도 모두들 마음대로 생각해 버리면 그만이었다. 어차피 준희는 혼자서 견디고 있었으니까.

"사과하지 않을 거면 한국으로 돌아가. 네가 싫어하는 필리핀에 있을 이유가 없잖아."

안젤라는 물러서지 않았다. 작정한 듯 준희를 몰아세우더니 아물지 않은 준희의 상처까지 건드렸다.

"네 고양이 소식은 들었어."

순간 안젤라를 쏘아보던 준희의 눈이 번뜩였다. 얼음판이 갈라지듯 둘 사이는 위태로웠다. 누구도 끼어들 엄두를 내지 못했다.

"난 네가 정말 고양이를 아끼는 줄 알았어. 네가 진심을 다했더라면 망고는 죽지 않았을 거야. 망고가 죽은 건 결국……"

안젤라의 말이 채 끝나기 전이었다. 준희가 벌떡 일어서는가 싶더니 의자를 밀치고 안젤라에게 달려들었다. 순식간에 일어난 일이라 누구도 준희를 말리지 못했고 안젤라도 미처 피하지 못했다.

졸지에 공격을 당한 안젤라의 입에서 외마디 비명이 흘러나왔다. 손톱을 세운 준희가 안젤라의 얼굴을 할퀴었다. 주변에 있던 아이들이 놀라 피하는 바람에 의자가 끌리고 넘어지는 소리가 요란스럽게 울렸다. 구경을 하던 한국 아이들이 준희에게 달려갔다. 마침 지나가던 선생님이 아수라장이 된 상황을 보고 잠시 넋을 놓았다가 뒤늦게 정신을 차리고 허둥거렸다. 선생님이 겨우 안젤라에게서 준희를 떼어놓았지만 준희의 눈은 아까보다 더 매서웠다. 분이 풀리지 않았는지 안젤라에게 달려들려는 걸 선생님이 팔을 잡아 힘으로 제압했고 다른 아이들이 둘 사이를 막아섰다. 안젤라는 얼굴을 감싸 쥔 채로 자리에 주저앉았다.

눈앞에서 벌어진 상황을 보고도 믿을 수가 없었다. 저 아이가 준희라니. 저 아이가 준희였나. 처음 만났던 날, 나를 향해 웃어주던 아이. 타가이타이의 첫날 내 옆에서 어두운 밤을 함께 보냈던 준희.

내 앞에 있는 준희는 전혀 다른 사람이었다. 준희의 얼굴을 하고 있지만 다른 존재가 된 아이. 나도 모르게 준희에게서 뒷걸음질 쳤다.

24

등 뒤에서 준희 얘기를 쑥덕거리던 아이들은 준희가 나타나면 자리를 피하거나 말을 아꼈다. 누구도 준희의 근처에 가려 하지 않았다. 안젤라는 대놓고 준희를 무시하고 싶은 티를 냈다. 준희가 보이면 멀리에서도 오던 길을 돌아갔다. 안젤라의 한쪽 볼에는 아직도 준희의 손톱자국이 남아 있었다.

"리사가 좀 이상하다 했어."

학교 아이들은 준희가 「맘마미아」 공연을 돌연 그만둔 일이나 제니퍼의 생일 파티에 빠졌던 일들을 들춰냈는데, 이번에는 한국 아이들이 준희를 더 안 좋은 시선으로 대했다. 준희의 변화가 낯설고 두려워 나는 준희에게 다가갈 수가 없었다. 그나마 나누던 몇 마디 대화조차 하지 않았다.

"루시…… 진아! 김이진!"

간혹 등 뒤에서 준희가 나를 부르는 것을 들었다. 환청일 수도 있고 진짜 준희가 나를 불렀는지도 모르지만 나는 일부러 무시했다.

학교의 일은 어학원까지 알려졌고 시간이 갈수록 준희에 관한 소문은 부풀어갔다.

"준희 방에서 고양이가 새끼를 낳았대."

아이들은 불안하게 본관 기숙사를 흘끗거렸다. 아무도 모르게 배가 부푼 고양이를 안고 도둑처럼 살금살금 제 방으로 들어갔을 준희의 모습이 그려졌다. 준희가 입을 닫았기 때문에 소문이 사실인지는 확인할 수가 없었다.

청소를 하러 들어간 아테가 고양이 새끼를 발견하고 기겁을 하면서 뛰어나왔더라는 얘기가 들렸지만, 정작 나나와 나나가 낳은 새끼들은 보이지 않았다. 궁금한 것을 참지 못한 아이들이 아테들에게 물어도 아테들은 입을 열지 않았고 매니저들도 준희 일은 전혀 모른다는 대답만 했다.

헛소문일 수도 있었다. 어떤 이유로든 나나는 진즉에 어학원을 떠나 다른 곳으로 갔을지 모른다. 하지만 한번 시작된 소문은 꼬리를 물고 이어졌다. 어느덧 나도 소문을 사실로 받아들였다. 책상 아래에서 갓 태어난 고양이 새끼들이 꼬물거리고 있을 모습과 그걸 바라보는 준희가 자연스럽게 떠올랐다.

마침 학기말 시험이 다가왔고 시험 준비를 하면서 나는 준희에 대한 생각을 떨쳐버리려 애썼다.

"리사!"

처음에는 누가 준희를 부르는 줄 알았다. 시험 날이라 마음이 급해 서둘러 걸음을 옮기던 참이었다. 톡톡 어깨를 두드려 돌아보니 에이밀 선생님이었다. 선생님은 예전보다 살이 올라 있었고, 생기 있는 밝은 표정이었다.

"리사, 오랜만이야!"

거짓말로 알려준 우리의 이름. 출산을 하고 돌아오면 우리의 얼굴과 이름은 모두 잊을 거라던 내 말과 달리 에이밀 선생님은 정확하게 우리를 기억하고 있었다. 나를 리사로, 그리고 준희를 루시로.

"루시와 왜 따로 다니지? 너희 둘은 항상 붙어 다녔잖아. 쌍둥이처럼."

에이밀 선생님이 나를 보며 궁금한 듯 물었다. 내 뒤를 따라오던 준희도 그 소리를 들었는지 주춤 멈추었다. 에이밀 선생님의 눈이 준희에게 꽤 오래 머물렀다.

"루시, 무슨 일이지?"

에이밀 선생님이 준희를 향해, 내 이름을 불렀다.

"선생님, 루시는 저예요."

마침내 털어놓은 내 말에 에이밀 선생님은 무슨 뜻인지 모르겠다는 표정이었다.

"난 너희가 알려준 이름을 분명히 기억해. 잊지 않기 위해서 여러 번 불렀으니까. 리사와 루시."

"죄송해요. 잘못 알려드렸어요."

"이름을 잘못 알려줬다고?"

장난이었다는 내 말에 에이밀 선생님의 표정이 조금 불쾌해졌다. 선생님은 고개를 설레설레 젓다가 걸음을 옮기더니 준희 곁에서 잠시 준희를 내려다보았다.

"네가 리사인지 루시인지는 몰라도, 어쨌든 얼굴이 안 좋아 보인다."

한마디를 남기고 에이밀 선생님이 건물 밖으로 나갔다. 나쁜 의도는 아니더라도 거짓말을 한 셈이 되었다. 그냥 지나칠 수도 있는 우리를 관심 있게 봐주고 기억하려던 선생님에게 큰 잘못을 저질렀다는 생각에 마음이 무거워졌다.

"루시, 시간 다 돼가."

제니퍼의 말에 정신을 차리고 시험을 치를 교실로 들어갔다. 시간이 지나자 차츰 아이들이 몰려들어 클리어런스를 제출하기 위해서 줄을 섰다. 들어갈 순서를 기다리며 나는 제니퍼와 시험에 관한 이야기를 주고받았다.

"36번 자리로."

내 차례가 되어 클리어런스를 제출했고 감독 선생님은 아이디카드를 확인한 뒤에 내가 앉을 자리를 정해주었다. 시험은 커닝을 할 수 없도록 다른 학년과 섞여 앉았다. 한 아이를 사이에 두고 나와 같은 열에 앉은 제니퍼가 시험을 잘 보라며 웃어주었다.

"아니, 안 돼."

교실 안에 울려 퍼지는 크고 단호한 목소리에 아이들의 관심이 모두 앞쪽으로 쏠렸다.

"클리어런스 없이는 시험을 치를 수 없어."

"시험 먼저 본 뒤에 제출할게요."

한 아이가 사정했지만 선생님은 손을 들어 문을 가리켰다.

클리어런스는 학비를 다 냈다는 확인서 같은 거였다. 시험 전에 담임은 물론, 학년 부장과 교장에게까지 확인 사인을 받아야 했고 그걸 제출해야 시험을 치를 수 있었다. 학비를 내지 않고 수업을 들을 수는 있었지만 클리어런스 없이 시험을 볼 수는 없었다.

선생님에게 사정하던 아이가 힘없이 돌아섰다. 줄을 서 있던 아이들은 시험장에서 나가는 아이에게 안타까운 눈길을 보냈다. 아이를 따라가던 내 시선이 준희에게 닿았다. 줄의 끝 쪽에 서 있는 준희는 무언가 불안해하는 모습이었다. 나는 준희에게서 눈을 떼지 못했고 순간 준희는 무엇에라도 홀린 듯이 몸을 틀어 복도를 뛰어갔다.

"준희야……"

손톱을 세우고 이성을 잃은 준희의 모습이 순식간에 머릿속에 떠올랐다. 나는 자리에서 일어서서 준희를 쫓았다. 준희가 마지막으로 잡고 있는 것이 무엇인지 나는 알고 있었다. 그걸 놓쳤을 때 준희가 어떻게 될지도.

교실 밖으로 나오자 준희는 이미 저만치 뛰어가고 있었다. 잠시 멈춰 선 준희가 뒤를 돌아보았다. 짧은 순간이지만 준희의 눈빛이 내 가슴에 박혔다. 원망인 것도 같고 그리움인 것도 같은 준희의 눈빛. 나를 경멸하는 것 같기도 하고 내게 도움을 청하는 것도 같은 준희의 눈동자. 준희는 몸을 돌려 건물 밖으로 나갔다.

"루시!"

선생님이 나를 따라 나왔다.

"시험 시작할 거야."

"리사를 데려와야 해요."

"내가 찾아볼게. 넌 들어가 있어."

선생님의 말에 나는 어쩔 수 없이 자리로 들어와 앉았다.

리사는? 제니퍼가 입 모양으로 물으며 걱정스럽게 나를 보았다. 준희가 갑자기 왜 그랬는지 알 수가 없었다. 준희가 손에 들고 있던 건 분명 클리어런스였다. 학교 등록금까지 내지 못한 건 아닐 것이다. 그럼 준희는 왜 그런 행동을 한 건지, 어딜 간 건지, 나로서는 짐작할 수가 없었다.

준희가 아끼던 펜이 떠올랐다. 휴지통에 던져버리지 않았더라면. 오늘이라도 준희의 손에 은색 펜을 쥐여줬더라면. 뒤늦은 후회와 죄책감이 밀려들었다.

너희는 마치 쌍둥이 같아. 에이밀 선생님의 목소리가 들렸다. 분명한 건 이제 준희와 내가 가는 길이 다르다는 사실이었다.

시험이 시작될 때까지 준희는 교실로 돌아오지 않았다.

25

시험이 끝나고 밖으로 뛰어나왔다. 주변을 다 둘러보아도 준희는 없었고 어학원으로 돌아가야 할 시간이 되었다. 준희가 먼저 와서 차에 타 있기를 바랐지만 차 문을 열었을 때 안은 텅텅 비어 있었다. 뜻밖에도 준희의 소식을 쿠야가 전해주었다.

"오전에 리사를 데려갔어."

담임 선생님에게 연락을 받고 부원장이 직접 차를 운전해 학교까지 왔다는 것이다. 쿠야의 말에 나는 일단 마음이 놓였다.

차에 타고 숨을 돌렸다. 시험을 보지 못한 준희는 이제 어떻게 될까. 부원장이라면 준희가 구제될 수 있는 방법을 알고 있을 텐데 준희를 위해 힘을 써줄지는 확신할 수 없었다.

어학원에 도착하자마자 나는 준희부터 찾았다. 왜 시험을 보지 않았는지 묻고 싶었다. 시험장을 빠져나가서 어디에서 뭘 했는지도 궁금했다. 갑작스러운 내 관심에 준희가 어리둥절해하더라도 나는 준희에게 묻고 싶은 일들이 많았다.

하지만 준희의 모습은 보이지 않았고 부원장도 외출을 한 상태였다. 부원장이 준희를 데리고 나갔을 수도 있었다. 그네에 앉아 한참이나 부원장이 오기를 기다렸지만, 막상 돌아왔을 때 부원장은 혼자였다.

"준희는요?"

내가 묻자 부원장은 살짝 얼굴을 찡그렸다.

"걱정 마."

부원장은 이 한마디만 던진 채 본관으로 들어갔다. 내가 뭘 더 물을 사이도 없이 부원장은 서둘러 움직였다. 준희와 마주 선다 해도 어떤 말을 꺼내야 할지 망설여졌지만 나는 그 뒤로 준희를 만나지 못했다.

다음 날에도, 그다음 날에도, 준희는 보이지 않았고 학교로 가는 차는 준희를 태우지 않고 매일 그대로 출발했다. 망고가 죽었을 때처럼 수업이 끝나고 돌아오면 준희가 아무렇지 않게 그네에 앉아 있지 않을까 기대했지만 이번엔 달랐다. 며칠이 지나도록 정원에는 빈 그네만 있을 뿐 준희는 없었다.

"준희 걱정은 말고 네 일이나 좀 신경 쓰렴. 시험은 어떻게 된 거야?"

부원장은 번번이 말을 돌렸다. 시험 점수는 형편없었다. 예상하고 있던 일이라 나는 실망하지 않았다. 그보다 준희의 소식이 궁금했다. 시험을 보지 않은 준희는 어떻게 되는지.

"리사는 왜 안 보여요?"

결국 나는 자넷 선생님을 찾아갔다. 자넷 선생님의 책상 위에 한국어 책이 펼쳐져 있었다.

"목사님 댁에 보낸 모양이야. 리사가 요즘 많이 지쳐 있었나 봐. 좀 쉬었다가 돌아올 거래."

"돌아……와요?"

자넷 선생님이 천천히 눈을 감았다 떴다.

"부원장이 리사의 부모님과 리사 문제를 의논하는 중이야. 아직 결정된 게 없어서 뭐라고 얘기하기는 힘들 거야."

자넷 선생님은 부원장을 두둔하면서도 나를 위로했다. 자넷 선생님 말에 나는 겨우 안심이 되었다.

"한국어 공부하세요?"

내가 묻자 자넷 선생님은 약간 쑥스러워하는 얼굴로 미소 지었다.

준희가 없으면 마음이 편할 줄 알았는데 막상 보이지 않자 나는 또 다른 기분에 휩싸였다. 잠을 자려고 누웠다가 한참을 뒤척였다. 눈을 감으면 작게 고양이 소리가 들렸다. 망고인 것도 같고 나나인 것도 같았다. 아니면 나나가 낳은 새끼 고양이거나. 소리는 그칠 듯 잦아들다가 까무룩 잠이 들려고 하면 다시 잠 사이를 파고들었다.

망고와 나나의 일이 있고 나서 부원장은 길고양이를 어학원에

들이지 않겠노라고 엄포를 놓았다. 배고픈 고양이를 보더라도 밥을 챙겨줄 수가 없었고 아테와 쿠야 들은 낯선 고양이들이 보이는 대로 쫓아냈다. 고양이 소리는 어학원 주변을 돌아다니는 길고양이가 틀림없었다. 모두 잠이 든 시간에 먹을거리를 찾아 헤매는 고양이. 준희가 있었더라면 어떻게든 고양이에게 먹을 걸 챙겨주었을 것이다. 나는 애써 귀를 닫고 잠을 청했다.

자다 깨다를 반복하는 사이에 준희의 꿈을 꾸었다. 꿈속에서 만난 준희는 최근의 준희와 많이 달랐다. 나를 보고 웃는 얼굴이 밝고 예뻤다. 처음 보았던 그대로였다. 오랜만에 따뜻하게 웃는 준희의 얼굴을 보자 내가 있는 곳이 어디인지 상관없을 만큼 편안한 마음이 들었다.

잠에서 깨어날 때마다 나는 꿈과 현실을 구분하지 못했다. 꿈이라는 생각이 들면 허탈한 기분에 빠졌다. 나를 감싼 모든 것들이 한꺼번에 달려들었다. 뒤척이는 사이 또 꿈속으로 빨려 들어갔고 이번에는 펑펑 우는 꿈을 꾸었다. 꿈이 너무나 생생해서 눈을 떴을 때 눈가가 촉촉하게 젖어 있다고 느꼈다. 뭐가 그렇게 슬펐을까. 정체를 알 수 없는 슬픔에 둘러싸여 나는 긴 밤을 보냈다. 누군가가 곁에 있었더라면 좋았을 밤이었다.

장기 유학생들의 프레젠테이션이 있는 날이었지만 여전히 준희의 자리는 비어 있었다. 매니저들은 의자를 정리해두었고 발표를 앞둔 장기 유학생들이 맨 앞줄에 순서대로 앉았다. 정리가 끝나갈 무렵에 원장과 부원장, 튜터들이 들어왔다.

한 명씩 제비를 뽑아 단상으로 나갔다. 자기가 뽑은 단어를 보고 어떤 아이는 작게 탄식을 뱉어냈다. 술술 영어로 자신의 생각을 전달하는 아이가 있는가 하면, 더듬더듬 겨우 몇 마디를 잇는 아이가 있었다. 발표가 끝나면 박수로 격려했지만 제대로 말을 못한 아이는 죄인처럼 자리에 와서 앉았다.

'그러지 않아도 돼.'

아이에게 말해주고 싶었다. 넌 잘못한 게 없다고, 그럴 수도 있는 거라고. 한 명씩 단상에 나가 여러 사람 앞에서 테스트를 받는 자리가 나는 못내 불편했다. 자아비판 시간이라도 된 것 같았다. 발표를 잘한 아이는 당당하게 어깨를 폈고 그렇지 못한 아이는 잔뜩 기가 죽었다. 앞에 앉은 사람들의 반응에서 본인이 얼마나 잘못했는지를 깨닫는 것이다. 잘못이 있다면 영어 실력이 늘지 않았다는 건데 여기서는 그게 엄청난 죄가 되는 거니까.

발표가 끝날 때마다 점수를 기록하고 아이에 대한 메모를 갈겨 쓰느라 부원장의 손이 바쁘게 움직였다.

내 차례가 왔고, 나는 몇 개 남지 않은 막대 중 하나를 집어 들었다.

Christmas.

한 단어가 적혀 있었다. 나는 잠시 글자를 내려다보았다. 그러고는 앞으로 나가 정면을 응시했다. 나를 향해 맞춰진 카메라와 내가 어떤 말을 꺼내놓을지 궁금해하는 시선들이 따라왔다. 내가 뽑은 단어를 보자마자 생각난 건 하나였다.

"Christmas is……"

쉽게 입이 떨어지지 않았다. 앞에 나오니 사람들의 얼굴이 하나씩 잘 보였다. 내게 소중한 사람은 다들 어디로 간 걸까.

"루시?"

부원장이 등을 의자에 붙이고는 팔짱을 끼며 어서 하라고 재촉하는 눈빛을 보냈다. 내가 해야 하는 말들이 머릿속에서 어지럽게 떠다녔다.

"우리는…… 크리스마스를 함께 지내기로 했습니다."

마침내 입을 열었다. 무수히 많은 단어와 문장, 그 사이의 감정들. 한국어로도 표현하기 힘든 말들이 이어졌다.

"우리는 눈이 그리웠고 눈이 내리는 크리스마스를 기다렸습니다. 더운 크리스마스가 아니라 춥고 눈이 오는 크리스마스. 털옷 입은 산타와 썰매를 끄는 루돌프의 모습이 어색하지 않은 크리스마스. 솜이나 스티로폼으로 만든 눈이 아니라 진짜 하늘에서 떨어지는 눈송이. 우리는…… 아니, 나는 그런 상상을 했습니다. 눈을 맞고 눈을 만지는 상상만으로도 행복했습니다. 눈이 아니라도 상관없습니다. 춥고 시린 크리스마스라면. 찬바람이 불어 두꺼운 옷을 입고 장갑 낀 손을 호호 불면서 트리를 바라보고 싶습니다."

지금까지 나에게 크리스마스는 그냥 크리스마스일 뿐이었다. 나는 산타의 존재를 믿은 적이 없었다. 유치원에서 받은 크리스마스 선물은 나에게 아무런 환상도 심어주지 못했다. 산타의 선물이 엄마의 손에서 나왔다는 걸 나는 알고 있었다. 다른 아이들이 산

타 할아버지의 존재를 믿는 게 더 신기했다.

"내게 크리스마스는 아무런 의미가 없었습니다. 교회에 나간 적도 없고 산타의 존재도 믿지 않았으니까요. 그런데 갑자기 크리스마스가 그리웠습니다. 눈과 찬바람과 그 이외 모든 것이. 그런 크리스마스를 함께 보내기로 한 아이가……"

나도 모르게 감정이 북받쳐 올라왔다. 참으려고 입술을 깨물었지만 감정 조절이 되지 않았다. 카메라 앞에서, 사람들 앞에서, 나는 겨우 감정을 억눌렀다. 부원장이 앞으로 와서 나를 안아주었다.

"우리 진이, 갑자기 왜 그래? 지금까지 잘했는데."

부원장이 내 등을 두드렸다. 그때까지 카메라는 계속 돌아갔다.

자넷 선생님이 나를 방에 데려다주었다. 내가 말을 제대로 잇지 못하는 바람에 질문 시간은 생략한 채로 내 차례가 끝이 났다.

"리사를 말한 거니?"

자넷 선생님이 조용히 물었다. 나는 긍정도 부정도 아닌 웃음으로 얼버무렸지만 자넷 선생님은 알겠다는 얼굴이었다. 쉬라는 말을 남기고 자넷 선생님이 일어섰다.

"선생님!"

나도 모르게 선생님을 불렀다.

"한국에 가실 거예요?"

갑작스러운 내 질문에 선생님은 살짝 당황스러워했다. 늘 같은 자리에 있는 선생님은 좀처럼 속마음을 드러내지 않았고 곁을 주지도 않았다. 학생들을 지도하는 것 외에는 특별한 애정을 보인

적도 없었지만, 나는 자넷 선생님의 마음을 이해할 수 있을 것 같은 말도 안 되는 생각을 하고는 했다.

"언젠가는."

자넷 선생님은 짧게 대답하고 방을 나갔다. 자넷 선생님이 방을 나갈 때에 나는 민우 선생님 얘기를 꺼낼 뻔했다. 누발리에서 내가 보았던 두 사람의 모습이 응어리처럼 남아 있었다. 하지만 나는 자넷 선생님이 나가서 방문을 닫을 때까지 다시 선생님을 부르지 않았다. 이제는 자넷 선생님을 민우 선생님과 연관 지어 생각하지 않기로 했다. 내게 중요한 건 둘의 관계가 아니었다. 아직도 내가 민우 선생님을 그리워하고 있다는 사실이었다. 자넷 선생님이 어떤 대답을 해도 바뀌지 않을 게 틀림없었다.

26

거리에는 형형색색의 크리스마스 깃발들이 펄럭였다. 쇼핑센터 앞에 세워진 대형 트리 위에 얼핏 보면 눈이 틀림없는 솜이 가득 올라갔다. 어학원 정원에도 나무마다 전구가 반짝였다. 한국에서 기말고사를 끝낸 단기 유학생들이 속속 들어오고 있었다.

목사님 댁에 갔다던 준희의 행방은 묘연했다. 준희는 일요일에 교회에 나오지 않았다. 목사님 댁에 있다면 교회를 빠질 리가 없었다. 언젠가 현아가 그랬던 것처럼, 준희는 목사님 댁이 아니라 다른 곳에 있을지도 모른다. 필리핀에 아는 사람 하나 없는 준희가 갈 수 있는 곳은 어디일까. 준희도, 준희 방에서 새끼를 낳았다던 고양이와 새끼들까지 모두 연기처럼 흔적도 없이 사라졌다.

손등을 내려다보았다. 망고가 할퀸 흉터가 희미하게 남아 있었다. 상처도 지워지지 않았는데 망고가 세상에 없다는 사실이 새삼

슬프게 다가왔다. 준희가 아끼던 고양이를 한 번은 안아줄 걸 그랬다. 그럼 준희도 나를 조금은 이해해주었을지도 모르니까.

그네에 앉아 몸을 앞뒤로 움직였다. 여전히 한국에 돌아갈 날짜를 헤아리고 있었지만 그건 매일 아침 일어나 양치를 하는 것처럼 습관적인 일에 불과했다. 그러다가 문득 눈에 띈 곰팡이 자국을 바라보듯 나는 지금의 현실과 상황을 떠올렸다. 이유도 모르게 마음이 서늘하다가 냉정할 만큼 덤덤해지는 일들이 반복적으로 나타났다.

쿠야가 지나가다가 나와 눈이 마주쳤다. 나는 살짝 웃어 보였는데 쿠야의 눈에 내가 웃는 얼굴로 보였을지는 장담할 수 없었다. 쿠야가 가던 길을 멈추고 돌아보았다. 그러더니 지나간 길을 되돌아와 내 앞에 섰다. 검게 그을린 쿠야의 얼굴은 처음부터 그랬던 것인지 햇빛 때문에 변한 것인지 분간이 되지 않았다. 헐렁하고 낡은 티셔츠와 색이 바랜 청바지, 낡은 슬리퍼 사이로 드러난 먼지 묻은 발. 쿠야의 웃는 얼굴을 보자 갑자기 마음이 아려왔다. 이유도 모르게 나락으로 떨어지는 순간은 이렇게 불쑥 찾아왔다.

"루시……"

쿠야가 큰 눈을 껌뻑거리며 말하기를 주저했다.

"밖에 나가고 싶어?"

쿠야가 물었지만, 나는 쿠야를 난처하게 만들고 싶지 않았다. 괜찮다고, 한국에 돌아갈 때까지 충분히 참을 수 있다고, 내가 생각해도 지나치게 길게 말을 늘어놓았다. 쿠야가 걸음을 옮기는가 싶더니 주춤거렸다.

"효나한테 데려다줄까?"

나는 그네를 세웠다. 쿠야가 씩 웃었다. 앞니 빠진 모습을 드러낸 채로 그렇게.

내가 올라타자 쿠야는 바로 차의 시동을 걸었다.

"시간이 많지 않아."

쿠야가 말하며 차를 출발시켰다. 원장과 부원장이 외출한 틈을 타야 했다.

쿠야는 평소보다 빠르게 차를 몰았다. 차와 사람 들이 아슬아슬하게 지나갔다. 마닐라까지 와서 몇 분을 더 달려 도착한 곳은 잘 관리된 집들이 나란히 들어선 빌리지였다.

쿠야가 차를 세우고 녹색 철문이 있는 집을 손가락으로 가리켰다. 차에서 내려 나는 집 앞에 섰다. 심호흡을 하고 난 뒤에 문을 두드렸다. 잠시 뒤에 발걸음 소리가 가까워지더니 문이 열렸다. 놀란 얼굴을 지었던 현아는 이내 환하게 웃으며 두 팔을 벌려 나를 안았다.

우리는 근처로 자리를 옮겨 나무 그늘에 앉았다. 쿠야는 조금 떨어진 곳에서 시동도 끄지 않고 나를 기다렸다.

"연락 못해서 미안해."

현아가 먼저 입을 열었다. 나처럼 현아에게도 연락할 수 없는 사정이 있었을 것이다.

"갇혀 있고 싶지 않았어."

목사님 댁을 뛰쳐나온 이유. 나도 알고 있다. 감옥 밖으로만 나가도 공기가 다른 기분, 비로소 숨을 쉴 수 있는 느낌.

현아가 사라졌다는 소식을 듣고 한국에서 현아의 엄마가 날아왔고 예전에 함께 지냈던 튜터의 집에서 현아를 찾아냈다. 갈 데가 없어, 여기는. 현아가 말했었다. 도망쳐도 결국 같은 자리를 맴돌 수밖에 없는 현실. 할 수만 있다면 현아는 더 멀리 갔을까. 그랬다면 돌아올 수 있었을까.

나는 현아가 없어 허전하다고 했다.

"준희가 있잖아."

현아의 대답에 나는 준희의 일을 얘기해야 하나 망설였다. 하지만 우리에게는 시간이 많지 않았다. 어디서부터 어떻게 꺼내야 할지 모르는 말들이 입안에서만 맴돌았다.

"준희는 내가 돌아오는 걸 바라지 않겠지."

준희가 처음부터 현아를 싫어하거나 피한 건 아니었다. 그랬다면 우리끼리 외출을 나갔을 때도 따라나서지 않았을 것이다. 준희는 자기만의 틀에서 벗어나 마주한 세상을 두려워했다. 누구에게는 달콤했지만 누구에게는 썼을지도 모를 그날의 두근거림.

"준희를 괴롭히려는 게 아니었어."

"알아."

"준희는 모를 수도 있잖아."

아니라고 대답해주고 싶었지만 선뜻 그렇게 말하지 못했다.

"사실은 너보다도 준희가 마음에 걸렸어. 날 나쁜 애로 생각하는 건 상관없어. 내가 원래 착한 애는 아니니까."

현아는 농담조로 가볍게 말하더니 이내 진지한 말투가 되었다.

"처음엔 날 밀어내는 게 싫었어. 준희가 싫었던 게 아니라, 날 받아주지 않는 게."

현아의 옆모습을 가만히 보았다. 길어진 머리카락만큼이나 현아는 달라져 있었다.

"나중에는 뭔지 모르게 불안했어, 준희를 보면. 그래서였는지도 몰라. 그 애의 불안함이 전염될 것 같은 말도 안 되는 기분. 빡빡한 틀 안에 몸을 잔뜩 구겨 넣고 그게 자기 세상인 양 버티는 게 싫었나 봐. 그게…… 나인지도 모르니까."

셋이 함께했던 시간들이 스쳐 지나갔다. 서로의 마음을 읽고 또 외면했던 기억들. 곁에서 부대끼던 우리들의 시간이 고스란히 되살아났다.

"준희 말이 맞았어. 나는 '척'했던 거야. 아무렇지 않은 척, 다 알고 있는 척. 하지만 진짜 나는 아니었어. 왜냐면…… 나도 잘 모르니까. 내가 누구인지, 어디로 가야 하는지."

현아가 말을 멈추었고 우리는 잠시 침묵했다.

"당분간 엄마 옆에 있을 거야. 한국으로 돌아가고 싶지 않대, 엄마도."

"그럼 아빠는?"

현아가 발끝으로 바닥을 쳐내자 뽀얀 먼지가 일어났다 앉았다. 한동안 대답하지 않다가 현아는 어렵게 입을 열었다.

현아의 엄마는 필리핀의 넉넉한 집안에서 대학까지 졸업하고 어렵지 않게 살았지만, 한국으로 가는 순간 단지 '필리핀 여자'가 되었다. 현아가 태어난 뒤에도 한국의 가족들은 아빠의 앞길을 막았다는 이유로 현아를 탐탁지 않아 했고, 현아의 엄마가 한국에서 어떤 대우를 받는지 알고 있는 필리핀의 가족들도 현아를 달가워하지 않았다.

현아를 대하는 사람들의 태도는 학교에서도 비슷했다. 뭘 어떻게 해볼 사이도 없이 먼저 판단하고 결정을 내려버리는 사람들. 부정하고 변명하다가 나중에는 체념하게 된다면서 현아가 씁쓸하게 털어놓았다.

"인정받고 싶었어. 아빠한테도, 친구들한테도. 한국에서도, 필리핀에서도."

가장 감추고 싶었을, 그래서 꺼내기 힘들었을 마음을 현아가 내비쳤다.

"나, 여기서 엄마랑 같이 지내면서 학교에도 다녀. 이젠 다들 나를 조이라고 불러."

현아는 언제든 떠날 준비를 하고 있었다. 엄마 옆에 있는 걸 당분간,이라고 말한 것도 그런 이유 때문일 것이다. 어디에서도 받아들여지지 않고, 어디로 가야 할지 모른다고 했지만, 자기가 있을 자리를 찾기 위해서라면 현아는 어디든 갈 수 있는 아이였다. 현아가 조이가 되었다고 해도 그 사실만큼은 달라지지 않을 것이다.

"나한테 넌 여전히 현아야. 지금까지도 그랬고 앞으로도 계속."

내 말에 현아는 아까보다 훨씬 밝은 표정이 되었다.

"미안해. 너한테도, 그리고 준희한테도."

현아의 웃는 얼굴 뒤로 하늘이 물들었다. 시간은 그렇게 흐르고 있었고 우리도 변해갔다. 노을이 하늘을 덮듯이 서서히.

27

현아를 보고 온 뒤로 나는 준희의 행방이 더욱 궁금해졌다.

"준희를 만나고 싶어요."

"곧 돌아올 거야. 아직은 안정이 필요하거든."

부원장이 말하고는 바로 자리를 떴다.

나는 꼭 준희를 만나고 싶었다. 설령 준희가 한국으로 떠나더라도 인사는 해야 했다. 적어도 현아의 사과는 전해야 했으니까. 하지만 준희의 흔적은 찾을 수가 없었다. 분명한 건 준희가 목사님 댁에 있는 건 아니라는 사실이었다. 매일 아침 준희의 소식을 물었지만 누구도 준희에 대해 얘기해주는 사람은 없었다. 모두 준희를 잊어가고 있는 듯 보였다.

아침부터 어학원이 시끄러웠다. 쿠야와 아테 들의 움직임이 바빴고 매니저들도 오리엔테이션을 겸한 환영회 준비를 하느라 분주했다.

평소보다 조금 늦게 일어나서 나는 침대 위에 앉아 있었다. 머리가 묵직했다. 이어지지 않는 꿈과 선잠 사이로 파고든 고양이 울음 때문에 밤새 뒤척였다. 환영회가 지나면 곧 타가이타이에서 맞이하는 두번째 크리스마스였다. 내년 크리스마스도 한국에서 보내게 될 가능성은 거의 없었다. 그다음 해에도, 그리고 그다음 해에도.

겨우 자리에서 일어나 욕실로 들어갔다. 칫솔을 집어 들던 손이 멈추었다. 데자뷔 같은 하루하루는 변하지 않았다. 욕실 벽에 새로 생긴 바퀴벌레 알과 여지없이 칫솔 손잡이에 피어난 곰팡이. 한동안 아무런 느낌 없이 받아들이고 넘어갔는데 유난히 눈에 거슬렸다. 이유도 모르게 가슴이 뛰었다.

"눈이 오는 크리스마스를 보고 싶어. 크리스마스는 함께 보내자."

"굳이 지금 한국에 올 필요가 있겠니?"

"부럽다. 미국으로 가는 거. 우린 이제 고3이야."

사람들의 목소리가 뒤섞였다. 아무것도 떠올리지 않으려 입술을 깨물고 고개를 저었지만 그럴수록 소리는 선명하게 들렸다.

들고 있던 칫솔을 집어 던졌다. 샤워기를 가져와 욕실 벽을 향해 거칠게 뿌려댔다. 벌레가 슬어놓은 알이 떨어져 나간 뒤에도 계속해서 사방으로 물을 뿌렸다. 천장에서 물이 떨어졌고 거울에 비친 내 모습이 흐려졌다. 샤워기를 던지고 자리에 주저앉았다. 뒤집어진 샤워기에서 뿜어대는 물줄기에 온몸이 젖어 들어가는 동안 한참을 그렇게 있었다.

단기 유학생들은 들뜨고 즐거워 보였다. 저녁을 먹고 돌아가면서 자기소개를 했다. 튜터와 매니저 들을 비롯해 장기 유학생의 소개도 이어졌다. 간단하게 소개를 하고 나서 나는 사람들을 향해 웃었다. 웃고 싶지는 않았지만 웃어야 할 것 같았다. 다들 즐거워 보였으니까. 곧 크리스마스가 다가왔으니까.

음악에 맞춰 아이들이 춤을 추었다. 우스꽝스럽게 춤을 추는 아이 때문에 사람들은 웃음을 참지 못했다. 이번에도 나는 억지로 웃으려 했지만 얼굴의 근육이 경직되어 부자연스러웠다. 나는 조용히 밖으로 빠져나왔다. 식당 안에서 흘러나오는 음악과 웃음소리가 어학원 전체에 퍼졌다.

그네에 앉아 옷을 여몄다. 나무 위에 장식된 전구가 깜빡거리며 불을 밝혔다. 한국은 이번 겨울에 눈이 많이 내린다고 했다. 화이트 크리스마스를 맞이할 것 같다며 기상캐스터가 상기된 얼굴로 예보했었다. 쌓인 눈과 그 눈을 뭉쳐 만든 눈사람을 그려보았다. 그곳에 내가 있다면. 그 아이와 함께라면.

그때 나는 분명히 고양이의 울음소리를 들었다. 주변을 둘러보았다. 망고와 나나의 일이 있은 이후에 어학원에는 이제 개 몇 마리밖에 남지 않았다. 그런데 고양이 소리라니.

망고의 영혼이 어학원을 떠도는 건 아닐까 하는 터무니없는 생각마저 들었다. 한 번도 안아준 적이 없는 고양이가 나를 괴롭히는지도 모른다. 나는 손으로 두 귀를 막았다. 잠시 동안 고요가 나를 감쌌다. 서서히 귀에서 손을 떼었다. 식당 안에서 새어 나오던 소리도 멈추었다. 원장이나 부원장이 일장 연설이라도 늘어놓는 시간인 모양이었다. 진즉에 빠져나오길 잘한 것 같았다.

다시 그네를 움직이기 시작했을 때였다. 사라진 줄 알았던 고양이 소리가 또 들렸다. 발을 뻗어 그네를 멈추었다. 내 눈이 본관 기숙사에 닿았다.

'고양이가 새끼를 낳았대.'

확인한 적은 없지만 준희를 둘러싸고 떠돌았던 소문. 준희 방에 고양이나 고양이 새끼가 남아 있을 리는 없었다. 그런 생각을 하면서도 나는 그네에서 일어섰다.

이끌리듯 본관 기숙사 앞까지 걸어갔다. 모두 식당에 모여 있어 본관 기숙사 안은 텅 비어 있을 것이다. 현관문을 열자 불 켜진 거실이 한눈에 들어왔다. 고양이 울음은커녕 어떤 소리도 들리지 않았다. 누군가가 내게 했던 말처럼 스트레스를 받아 환청을 들었을 수도 있었다. 그게 아니라면 정말 망고의 영혼이 내 주위를 떠도는 걸까.

신발을 벗고 거실로 들어섰다. 나는 무언가를 확인하고 싶었다. 준희의 방에서 꼬물거리는 고양이 새끼를 발견할 수도 있다고 생각하자 온몸에 소름이 돋았다. 눈을 질끈 감았다 뜨고서 걸음을 옮겼다. 원장 부부가 사용하는 2층의 계단은 불이 꺼져 깜깜했다. 주방을 끼고 안으로 들어갔다.

어두운 지하 계단 앞에 섰다. 처음 어학원에 와서 준희와 함께 지냈던 지하의 방. 가장 어둡고 음침했던 감옥의 후미진 곳. 그곳을 떠올리는 순간마다 나는 악몽을 꾸다 깨어난 것처럼 두려웠다. 어둠의 공포는 그대로 남아 있었다. 나는 빠른 걸음으로 지하 계단 앞을 벗어났다.

복도를 걸어가며 스위치를 올려 불을 밝혔다. 불빛조차 없다면 준희의 방까지 갈 엄두조차 나지 않았을 것이다. 안으로 더 들어가자 준희의 방이 나왔다. 방문 앞에 서서 나는 숨을 몰아쉬었다. 고양이 소리는 이제 들리지 않았지만 막상 방문을 열었을 때 어떤 풍경이 펼쳐져 있을지 몰라 가슴이 뛰었다. 침대 아래 올망졸망 고양이 새끼들이 모여 있는 건 아닐까. 온갖 상상이 떠올랐다.

손잡이가 돌아갔다. 문은 잠겨 있지 않았다. 방문을 열고 손을 더듬어 스위치를 켰다. 희미한 형광등 아래에 준희의 방이 그대로 드러났다. 새끼 고양이는 보이지 않았고 방은 잘 정돈되어 있었다. 방 안에는 준희의 물건들도 고스란히 남아 있었다. 마치 오늘까지도 주인이 있던 방처럼 모든 게 그대로였다. 짐도 제대로 챙기지 않은 채 준희는 어디로 사라진 걸까. 정말 목사님 댁에서 안정을 취하고 있는 걸 내가 민감하게 반응하는 걸까. 어쨌든 내 상상이 현실이 되어 눈앞에 나타나지 않아 나는 안도했다. 불을 끄고 준희의 방을 나왔다. 돌아가면서 이번에는 하나씩 복도의 불을 껐다. 뒤로 어둠이 따라오자 겨우 가라앉았던 공포가 올라와 나는 걸음을 빨리했다.

복도를 돌고 지하 계단 앞에 이르러 나는 잠시 어둠을 응시했다. 그러다가 무언가에 이끌리듯 한 발을 계단 아래에 내려놓았다. 꿈에서조차 떠올리고 싶지 않은 곳. 나도 모르게 계단을 내려섰지만 나를 끌고 온 것의 정체가 무엇인지는 알지 못했다. 삐걱거리는 나무 계단의 소리가 정적을 깼다. 계단을 내려서자 천장 위의 자동 등이 반짝 켜졌다. 짧은 복도와 그 복도 끝에 자리한 방. 이 방을 벗어나던 날 준희와 나는 필리핀을 떠날 때까지 다시는 이곳에 올 일이 없을 줄 알았다. 준희가 아끼던 펜을 찾으러 내려왔을 때에도 결국 남은 건 상처뿐이었다. 나는 가만히 손등을 쓸어내렸다.

방문 앞에서 아까처럼 숨을 크게 쉬었다. 손잡이에 손을 올리려는 순간 또다시 소리가 들렸다. 어둠 속으로 스며들듯 작고 낮은 고양이의 울음. 등골이 서늘하고 머리카락이 쭈뼛 섰다. 그냥 돌아서자고 생각하면서도 마음과 다르게 나는 손잡이를 돌려 문을 열었다. 방의 어둠이 내 앞에 드러났다. 어둠에 눈이 익지 않아 나는 한눈에 방 안의 풍경을 알아보지 못했다. 손을 더듬었지만 스위치는 만져지지 않았다. 등 뒤의 불빛이 방 안을 비추자 그제야 서서히 앞이 보였다.

방의 어둠, 그곳에 준희가 있었다. 구석에 쭈그리고 앉아 있다가 나를 향해 천천히 얼굴을 들었다. 준희의 눈이 어둠 속에서 빛났다. 날카롭고 섬뜩하게. 나는 주춤 뒤로 물러섰다. 나를 바라보던 준희가 마침내 입을 열었다.

준희의 입에서 고양이 소리가 났다.

28

나뭇가지 위로 소복하게 눈이 올라앉았다. 운동장에 어지럽게 찍힌 발자국과 눈사람이 겨울 풍경을 만들었다. 우리가 보고 싶고 그리워하던 모든 것이 펼쳐져 있었다. 눈이 오는 크리스마스를 함께 보내자던 약속을 지킨 셈일까.

준희를 찾아오기 전에 나는 한동안 거리를 헤맸다. 준희의 주소를 받아 들고서도 쉽게 발길이 떨어지지 않았다. 높은 건물을 찾아 꼭대기로 올라갔다. 사람들의 눈길이 닿지 않으면서 가장 높은 곳으로 올라가고 싶었다. 문을 열고 바깥으로 발을 디디자 찬바람에 속이 트였다. 옥상에는 쓰다 버린 책상과 의자 몇 개가 한쪽 자리를 차지하고 있었다. 담배꽁초가 눈 사이에 꽂혀 있었지만 발자국은 많지 않았다. 옥상의 가장자리까지 와서 가만히 아래를 내려다보았다.

사람들은 무슨 일이든 지나고 나면 별거 아니라고 말했다. 별거 아닌 일이 되기까지의 과정과 시간, 상처들은 아무것도 아닌 걸까. 매일 크고 작은 일들이 나에게 달려들었다. 그런데 그 일들이 모두 시간이 지난다고 해서 별거 아닌 일이 된다는 사실을 받아들일 수 없었다. 별거 아닌 일이라면 후회할 필요도 없고 되새김질할 필요도 없지만, 사람들은 늘 지나간 시간을 곱씹으며 살았다. 기억할 수 있는 모든 일들은 '별거'인 게 분명했다.

버려진 책상을 밟고 옥상 난간에 섰다. 바닥이 미끄러워 금방이라도 몸이 쏠릴 것 같았지만 무섭지 않았다. 눈발이 날리기 시작했다. 바람이 불어 작은 눈송이는 먼지처럼 이리저리 흩날렸다. 손바닥을 펼쳐 눈을 맞았다. 내 체온에 눈송이는 내려앉자마자 금세 녹았다. 차라리 모든 일이 사라질 수 있다면. 눈송이처럼 그렇게.

발아래의 세상이 무섭지 않다는 사실이 신기했다. 허무하게 사라지고 마는 눈송이가 자꾸 보고 싶어 나는 두 손을 펼쳐 눈을 받았다. 가슴이 쓰리는가 싶더니 눈물이 흘렀다. 나는 소리 내어 울 줄 모른다. 아주 어렸을 때부터 소리 내어 울지 않았다고 엄마도 말했었다. 하지만 그건 엄마나 내가 잘못 알고 있는 사실일 수도 있다. 세상에 나올 때 누구나 가장 먼저 하는 일이 소리 내어 우는 일이고 그건 세상이 허락한 일이다. 가르쳐주지 않아도 할 수 있는 일. 그걸 숨길 이유가 없었는데 나는 여태 그걸 몰랐다.

어느 순간 다리가 떨렸다. 난간에서 뛰어 내려와 주저앉았다. 울음이 점점 크게 터져 나왔다. 태어나 한 번도 소리 내어 울었던 적이 없는 사람처럼 나는 낯설게, 그러나 아주 오랫동안 울었다. 나는 소리 내어 울 줄 아는 아이였다. 비로소 그 사실을 깨달았다. 그러고 나자 용기가 났다. 준희를 만나고 싶었다.

우리는 준희의 집에서 가까운 곳에 있는 초등학교로 왔다. 준희가 다녔을지도 모르는 학교였다. 운동장의 발자국 위로 친구들과 뛰어다니는 어린 준희의 모습이 희미하게 보였다. 준희의 엄마는 한참 떨어진 곳에서 불안하게 딸의 행동을 흘끗거리며 기다렸다.

준희는 차가운 그네에 앉아 멍하니 앞만 응시했다. 겉으로 보기에 준희의 상태는 생각보다 나쁘지 않았다. 그렇게 믿고 싶은 건지도 모른다.

내 비명을 듣고 달려온 사람들로 어학원은 아수라장이 되었다. 가장 당황한 사람은 원장과 부원장이었다. 부원장은 서둘러 아이들을 원래의 자리로 이동시켰다. 환영회를 이어가려고 했지만 아이들은 술렁거렸다.

시험을 치르던 날, 교실을 뛰쳐나갔던 준희는 학교 뒷산으로 올라갔다. 준희를 발견한 건 에이밀 선생님이라고 했다. 산을 오르던 준희를 향해 에이밀 선생님은 누구의 이름을 불렀을지 궁금했다. 리사였을까, 아니면 루시였을까. 어학원에 연락을 하고 준희를 돌려보내면서 에이밀 선생님은 준희가 떠나는 걸 끝까지 지켜보았을 것이다.

부원장은 준희에게서 이상한 낌새를 눈치채고 준희 엄마에게 연락을 취했지만 준희 엄마는 올 수 없었다. 준희의 아빠가 사고 뒤에 몸이 회복되지 않은 상태였고 준희 엄마 혼자서 가게를 어렵게 이어나가고 있을 때였다. 부원장은 준희를 아이들 사이에 놓아둘 수 없다고 판단해 지하로 데리고 갔다. 목사님과 심리 치료사가 몇 번씩 준희를 면회했고 점점 안정을 취해가는 중이었다고 부원장이 해명했다.

지하 방에서 준희는 밖으로 나오지 않으려고 안간힘을 쓰며 버텼다. 자신을 끌어내려는 사람들을 향해 손톱을 세우고 달려들었다. 준희를 차에 태우던 쿠야의 얼굴에 준희의 손톱자국이 남았다. 나는 모든 광경을 지켜보았다.

언제부터였을까. 준희가 철저하게 어둠 속으로 들어가게 된 것이. 자기만의 세계를 만들고 지키고 싶어 했던 것이.

아마도 준희는 내게 신호를 보냈을 것이다. 나는 꽤 여러 번 준희의 신호를 느꼈다. 그런데 번번이 준희를 외면하고 무시했다. 나는 왜 그랬던 걸까. 아무것도 설명할 수가 없었다. 꾸준히 올라가던 준희의 그래프가 곤두박질쳤다. 그 지점에서 내 그래프 또한 멈춰버렸다.

일이 터지고 나서야 준희 엄마가 필리핀으로 날아왔다. 준희 엄마는 누구에게도 원망의 말을 하지 못하고 딸을 끌어안았다. 준희 엄마의 눈길이 내게 닿았을 때 나는 자리를 피했다. 사진 속에서 우리는 한때 쌍둥이처럼, 그림자처럼, 같은 곳에서 같은 표정을 하고 있었다. 준희의 엄마도 그걸 알고 있을 게 분명했다.

준희가 한국으로 떠나고 나서도 시간은 그대로 흘러갔다. 세상은 아무 일도 일어나지 않은 것처럼 돌아갔다. 제자리에 멈추거나 곤두박질친 우리들의 시간을 남겨둔 채로.

"준희야……"

어렵게 입을 뗐다. 준희가 내 쪽으로 살짝 몸을 움직였다.

"눈이야. 크리스마스에 내리는 눈."

내 말에 준희가 조금은, 아주 조금은 웃었던 것 같다. 그 모습을 보자 겨우 마음이 풀렸다.

준희의 얼굴에서 호수가 떠올랐다. 호수의 잔잔한 물결을 담아냈던 눈동자가 흔들렸다. 준희의 눈을 보는 건 정말 오랜만이었다.

— 미안해. 널 힘들게 하려고 했던 건 아니야.

조금 편안해 보이는가 싶던 준희의 얼굴이 딱딱하게 변했다. 나를 알아보는지 의문이 들 정도였다. 차라리 화를 낸다면 마음이 편할 텐데. 준희의 얼굴에는 이제 아무런 표정도 떠오르지 않았다.

나도 알고 있었다. 조금 더 빨리 돌아보고 준희가 보낸 신호를 알아챘어야 했다는 걸. 준희의 손을 잡아주고 준희의 목소리에 귀를 기울였어야 했다는 걸.

미술 시간에 선생님이 말한 내용이 떠올랐다.

"컵을 아래쪽에서 보면 그 안에 무엇이 들었는지 모르지. 손잡이가 있는 반대 방향에서는 손잡이가 있는지도 모르는 거야."

준희와 현아, 그리고 나는 각자의 방식대로 버티고 있었다. 어디에서 보든 결국 하나의 존재였는데, 그걸 몰랐다.

— 함께 있었더라면 좋았을 거야. 다른 방향을 보았더라도 서로

의 말을 들어주고 서로가 본 걸 얘기했더라면, 그랬으면 알았겠지. 왜냐면…… 우리는 같은 걸 보고 있었으니까.

내 말을 알아들은 건지 준희의 입가가 미세하게 움직였다. 갑자기 하고 싶은 말이 많아졌다. 꺼내지 못하고 눌렀던 말들이.

— 난 정말 몰랐어, 아무것도. 사랑이 왔을 때 어떻게 해야 하는지 몰랐고 우정을 지키는 법도 몰랐어. 그런 건 누가 가르쳐주지 않았으니까. 나 혼자서도 잘할 줄 알았어. 하지만 저절로 알게 되는 일은 아무것도 없잖아. 어른이 된다고 해서 다 아는 것도 아니었어. 우리를 걱정해주는 어른들은 많지만 우리를 이해해주는 어른들은 없는 것처럼. 누군가가 조금만 알려주었더라면. 내가 조금만 일찍 깨달았더라면 좋았을 텐데.

나와 눈을 맞추는가 싶더니 준희는 나를 지나쳐 먼 곳을 보았다.

— 더운 크리스마스도, 추운 크리스마스도, 하나라는 걸 이제야 알았어. 너무…… 늦은 걸까?

호수를 담은 준희의 눈동자가 마침내 나에게 향했다.

준희를 만나고 처음으로 나는 웃음을 보였다. 다행히 준희는 내 목소리를 들었다. 생각보다 어려운 일이 아니었다. 서로의 진짜 목소리를 듣는다는 건.

준희의 엄마가 다가왔다. 기온이 많이 떨어져 준희의 얼굴은 추위에 하얗게 얼어 있었다.

"또 올게요."

나는 자신 없이 말했다.

"곧 필리핀으로 돌아가겠구나. 졸업해야지."

타가이타이의 남은 시간은 이제 나 혼자 견뎌야 할 몫이었다. 혼자 남은 졸업식. 그리고 그 이후의 일들. 갑자기 준희와 더운 크리스마스를 보내고 싶은 생각이 들었다. 언제가 될지 모르지만 꼭 그렇게 하고 싶었다.

준희의 엄마가 준희를 부축하고 걸음을 옮겼다. 둘이 교문을 빠져나갈 때까지 나는 준희의 뒷모습을 놓치지 않았다. 중간에 슬쩍 준희가 뒤를 돌아보았다.

— 늦지 않았어. 아직은.

준희의 말이 나지막이 들렸다. 준희가 지나간 발자국 위로 눈송이가 떨어졌다. 보석 같은 눈송이가 하나둘씩 흩날렸다.

눈이 오는 크리스마스였다. 더위와 습기와 스콜이 이어지는 한여름의 크리스마스가 아닌 진짜 눈이 내리고 시린 크리스마스가 우리 앞에 다가왔다. 그토록 바라고 원하던 순간이. 시간은 더디게 흘러도 결국은 그 자리에 닿았다. 우리의 그래프가 요동치는 순간들을 모두 지나면서 그렇게.

나는 한참 동안 눈을 맞았다. 기다린 시간을 채우기 위해 아주 오랫동안 그 자리에 서 있었다.

작가의 말

사촌 동생을 만나러 필리핀에 간 적이 있다. 동생은 필리핀에서 하이스쿨 졸업을 앞두고 다른 나라로 유학을 준비하는 중이었다.

필리핀 방문이 처음이 아닌데도 이때는 전과 다른 느낌이 내내 나를 따라다녔다. 짧은 시간이나마 유학생들 틈에서 지냈던 경험은 특별했지만 스치는 바람이나 창 너머의 햇살마저도 예사롭지 않게 다가와, 가끔씩 설명할 수 없는 기분에 사로잡혀 서늘해지고는 했다.

아마도 그때, 한 아이가 내게 온 것 같다. 누구보다 밝게 웃고 있으면서도 혼자 있을 때면 쓸쓸하게 밤하늘을 올려다보던 아이. 한국으로 돌아온 뒤에도 아이는 줄곧 내게 머물렀다.

모든 일이 그렇겠지만 우리가 알고 있는(또는 그렇게 믿는) 것들이 전체가 될 수는 없을 것이다. 우리가 누군가를 보는 시각으로 또 다른 누군가는 우리와 우리의 세계를 바라볼지 모를 일이다.

짧게 썼던 글을 장편으로 고치게 되었다. 이야기를 채우고 책이 나오기까지 도움을 주신 분들께 진심으로 감사드린다.

2016년 여름

이은용